Cordinamento editoriale
Leandro del Giudice

Grafica e redazione
Giovanni Cascavilla
Anna Bartoli

In copertina
Pontormo, *Ritratto di Cosimo il Vecchio* (particolare) - Galleria degli Uffizi
Su concessione del Ministero dei beni e
delle attività culturali e del turismo

ISBN 978-88-8103-855-8

Diaroads srl - vicolo del Vescovado, 12 - 43121 Parma Italia
tel. 00 39 0521 207547 - info@diabasis.it - www.diabasis.it

Anna Zaniboni Mattioli

Il tempo ritorna

prefazione di
Mauro Lucco

DIABASIS

Prefazione

Nel corso di una piacevole passeggiata sul Beechen Cliff, che domina la città di Bath, Catherine Morland, l'eroina di *Northanger Abbey* di Jane Austen, chiacchera con colui che diverrà suo marito, Henry Tilney, e le sue sorelle, di libri e delle sue passioni di lettrice. Osserva che il paesaggio circostante somiglia al Sud della Francia, e tuttavia la sensazione non le deriva da esperienza diretta, ma dalla lettura dei *Misteri di Udolpho* di Ann Radcliffe; uno di quei romanzi "gotici", pubblicato nel 1794, che è oggi quasi completamente scomparso, a differenza dei più fortunati *Castello di Otranto* di Horace Walpole (1764) e *Il Monaco* di Matthew Lewis (1795), dall'orizzonte culturale anche dei lettori più scaltriti. Confessa anzi che ama solo quelli; e poi, quasi per obbligo sociale, legge poesie e drammi, non le dispiacciono i resoconti di viaggi, ma non le interessa la storia, "la vera storia solenne".

" *'La leggo un poco per dovere, ma non mi dice nulla che non mi indispettisca o non mi annoi. Dispute tra il papa e il re, e guerre e pestilenze a ogni pagina; gli uomini sempre buoni a nulla, e quasi mai una donna – è molto tedioso: e tuttavia spesso mi sembra strano che sia tanto tedioso, poiché gran parte deve essere frutto di invenzione. I discorsi che vengono pronunciati dagli eroi, i loro pensieri e i loro progetti – molto di questo deve essere invenzione, e l'invenzione è quello che amo tanto negli altri libri.'*

' Gli storici, pensate dunque' disse la signorina Tilney 'non sono felici nei voli di fantasia. Danno prova di immaginazione senza suscitare interesse. [...]' " (cap. XIV).

Negli oltre due secoli intercorsi da allora (il romanzo, scritto fra il 1798 ed il 1799, fu pubblicato postumo dal fratello della Austen nel dicembre 1817), moltissimo è cambiato sul versante della scienza storica, a partire soprattutto dalle cose prese a scrutinio; e non è un caso che, dopo lo scavo accurato, i collegamenti tra i fenomeni e le cose, tutto il grande lavoro di base, ci si sia concentrati sulla necessità dell'efficacia del racconto, quasi ad arrivare alle soglie del paradosso che la miglior forma di storiografia possibile sia il romanzo storico. Nondimeno, quelle mirabili righe della Austen mettono perfettamente in luce tanti aspetti della presente fatica di Anna Zaniboni Mattioli. Come sottolinea, con intelligente sottigliezza, la traduttrice e prefatrice dell'opera ottocentesca, Anna Luisa Zazo (ed. Oscar Classici Mondadori, Milano 1996, p. XXI), "*Northanger Abbey* non è soltanto la vicenda della progressiva realizzazione di sé di Catherine attraverso l'amore; è il romanzo di come questa vicenda potrebbe venir scritta, di come non dovrebbe venir scritta, e di come viene scritta: una realtà riflessa che viene a sua volta riflessa in uno, due, tre specchi, un gioco intellettuale di irresistibile fascino."

Lo stesso si potrebbe dire del libro presente: vi è una vicenda "come viene scritta", con "la vera storia solenne" esposta davanti ai nostri occhi; una come non dovrebbe venir scritta, cioè quella che ci è stata presentata a scuola, a fatti separati, con l'idea che bastasse solo metterli in fila perché tutto il quadro miracolosamente si chiarisse; e vi è il come potrebbe venir scritta, il modo in cui all'autrice è piaciuto fare irrompere nei fatti un nodo irrisolto, e leggerli e interpretarli in quella chiave. Perché, è bene subito usare la parola che parrebbe ormai tanto fuori dalle consuetudini, nel nostro paese, da apparire quasi come una condanna, si tratta di un "romanzo storico": che copre, tra Firenze e Roma, gli anni dalla congiura dei Pazzi, nel 1478, sino all'ultima stagione del papato di Clemente VII, quando ebbe l'intuizione di mutare la parete di fondo della cappella Sistina per farvi dipingere il *Giudizio Universale* di Michelangelo.

Il romanzo storico, frequentato con capacità letterarie e con successo di pubblico in altri paesi europei, nel nostro è meno presente, pur vantando alcune opere di qualche caratura; ed è in genere cosa di totale fantasia, dove par che basti ricordare qualche fatto da manuale per aver già costruito un contesto realistico e verosimile. Ad eccezione degli *happy few,* ben poco lo ricollega alla grande tradizione ottocentesca di Walter Scott e di Manzoni, dove una generale ricostruzione dell'epoca, scenografica ma ben credibile, come poi in un film di Camerini, costituisce il fondale, relativamente lontano, contro cui s'accampano vicende di invenzione; il libro presente è difatto anomalo nel suo distacco da quel modello, come anche dalla maniacale precisione sulle vicende documentate di un saggio storico rivestito di pelle letteraria, come *La congiura di don Giulio d'Este* di Riccardo Bacchelli (1931). Qui il vecchio fondale si è talmente riavvicinato da avvolgere, da inglobare il protagonista, da interagire completamente con lui; qui la regola è il vero, e l'episodio inventato l'eccezione. Il richiamo ideale è semmai a un autentico monumento della letteratura novecentesca, le *Memorie di Adriano* di Marguerite Yourcenar (1951): una meravigliosa biografia dell'anima, dove i minimi scostamenti dai fatti certi sono puntigliosamente enumerati in un'ampia nota finale. E poco importa che la stessa Yourcenar sia stata capace, anni dopo, di produrre un romanzo storico "alla Scott", con le vicende inventate, eppure quanto verosimili, di Zeno, medico e alchimista, nel quadro delle guerre di religione cinquecentesche in Germania, nell'*Opera al nero* (1968).

Come nel caso delle Memorie di Adriano, i fatti descritti in questo libro sono, nella stragrande maggioranza dei casi, rigorosamente veri e documentati: sono quelli che sottostanno alla creazione di alcuni dei massimi capolavori della pittura italiana, dalla cosiddetta *Primavera* di Botticelli all'*Adorazione dei Magi* Lami in Santa Maria Novella al suo *Ritratto di Giuliano de' Medici* nella

National Gallery of Art di Washington; dalla *Madonna col bambino e otto santi* di Baldovinetti già nella villa di Cafaggiolo (oggi agli Uffizi) agli straordinari ritratti di Sebastiano Luciani, non ancora del Piombo, alla sua meravigliosa *Resurrezione di Lazzaro* della National Gallery di Londra, fatta a concorrenza di Raffaello, agli affreschi di Franciabigio, Pontormo e Andrea di Cosimo Feltrini nella villa di Poggio a Caiano; dalle sculture delle tombe medicee di Michelangelo e dal suo modello per la facciata della brunelleschiana San Lorenzo, al verrocchiesco sepolcro in bronzo per Giovanni e Piero de' Medici nella stessa chiesa, sino agli affreschi di Botticelli, Cosimo Rosselli e Domenico Ghirlandajo alla Sistina, e all'*Autoritratto allo specchio convesso* del giovane Parmigianino, oggi a Vienna. *Un parterre de roi* da lasciare senza fiato.

Certo l'autrice, storica dell'arte, abituata in casa a respirar pittura sin da bambina, dalle ginocchia del nonno Carlo Mattioli, ha voluto essere precisissima su molti fatti, ma ha lasciato libero campo alla fantasia su altri; ha riesumato persino il minimo episodio vero del predicatore da strada Bartolomeo Carosi, detto Brandano di Campo dei Fiori, il quale, nudo, il 18 aprile 1527 urla al papa che Roma sarà distrutta fra quattordici giorni, avendo dalla sua, diciamo così, la dubbia fortuna, foriera di drammatici cambiamenti, che quel vaticinio si avveri proprio nel giorno stabilito, il 6 maggio del Sacco. La congiura dei Pazzi, da cui tutta la vicenda narrata ha inizio, ha avuto del resto, qualche anno fa, un notevole allargamento, con l'accertata partecipazione di papa Sisto IV e di Federico da Montefeltro, tramite la fortunata decifrazione, da parte di Marcello Simonetta (*The Montefeltro Conspiracy: A Renaissance Mystery Decoded*, 2008, traduzione italiana: *L'enigma Montefeltro*, Milano 2008), di una lettera del condottiero urbinate. E pare agli occhi d'oggi quasi incredibile, ma è rigorosamente documentato, l'episodio delle "pitture infamanti" dei congiurati, sette morti impiccati, e uno appeso per i piedi, eseguite dal "dolce" Botticelli sulla facciata del Bargello nel 1478.

Al contrario, l'autrice sa perfettamente che la *Primavera* non è stata dipinta per la villa di Castello, non è stata lasciata interrotta alla congiura dei Pazzi e conclusa poi con la sostituzione del ritratto di Giuliano con quello di Lorenzo di Pierfrancesco de' Medici, e non è di data precoce, collocandosi piuttosto sulla metà degli anni Ottanta del Quattrocento; ma seguire questa vecchia teoria le ha aperto fascinose, freudiane praterie narrative. Sa che Ludovico Ariosto non è mai rimasto bloccato dalla neve sull'Appennino, ma lo ha fermato lì per fargli scrivere, nella forzata immobilità, il *Canto sul Lauro morente*, le cui immagini suonano così simili alla lunetta di Pontormo a Poggio a Caiano; e la stessa neve, forse troppo precoce, è un tocco di colore aggiunto al giorno storico della morte di Giovanni Dalle Bande Nere sotto a Mantova, il 25 novembre 1526. Naturalmente, sa anche bene che il 20 settembre 1533, il giorno in cui in un lungo e liberatorio monologo interiore papa Clemente ripercorre cinquantacinque anni della storia di Firenze, della sua famiglia, e di se stesso, né Pietro Aretino né Sebastiano del Piombo sono lì con lui. Ma mi guarderò dall'enumerare altri piccoli scostamenti dai fatti accertati.

Trattandosi di un romanzo, le licenze inevitabilmente ci sono; il vero e il verosimile sono tanto strettamente interconnessi da farci dubitare del concetto stesso di "vero". Non tutti i territori della storia consentono l'accesso coi mezzi tradizionali. Con quelli, per molti sarebbero garantiti solo il dispetto, la noia, il tedio di cui parla Catherine Morland. La bella invenzione dei discorsi, dei progetti e pensieri dei protagonisti non uscirebbe allo scoperto. Bisogna dunque immettere in quei fatti la vita che li inveri, renda plastici gli oggetti, gli usi, le idee e le emozioni; occorre fare in modo che tali emergenze disparate si parlino, che divengano un tutt'uno non troppo diverso dal magma dell'esistenza quotidiana.

È bene allora chiedersi, come fa l'autrice, "cosa sarebbe successo se...", o, per dirla col termine oggi in voga, fare un po' di storia "controfattuale"; in fondo, quando si apre una finestra, la luce che vi penetra colora inevitabilmente in maniera diversa il quadro ambientale acquisito, e non è detto che, temperata in modo opportuno, lo faccia in maniera peggiore di prima. Il *fil rouge* di tutta la vicenda qui narrata diviene il drammatico e irrisolto nodo interiore della nascita illegittima di Giulio, poi Clemente VII, dal breve amore di Giuliano de' Medici e di Fioretta Gorini, stroncato dalla congiura dei Pazzi; benché subito adottato e legittimato, egli si è sentito per tutta la vita un bastardo, e quell'insulto sanguinoso è ritornato ossessivamente, come il motto mediceo, *Le temps revien*, che ha finito per dare il titolo al libro, anche nelle più sacre occasioni pubbliche, come il conclave da cui uscirà papa. Proprio per questo, egli ha sviluppato un autentico culto della famiglia, e, dall'altra parte, un continuo, inesausto desiderio di vendetta verso il mondo, a causa di quel padre che non ha mai conosciuto. Alcuni suoi atti pubblici, che in chiave politica risultano di grande spietatezza, si ammorbidiscono, nel libro, nella più umana coloritura del rancore, e dell'amara consapevolezza di questo. Clemente sa, respira la fine; ha compreso che quel tempo ciclico, che sempre ritorna, non potrà chiudersi se non quando lui lo farà terminare, con la sua fine eterna ed irrevocabile, il *Giudizio Universale*. Sa che il suo mondo è distrutto, che dopo il Sacco nulla sarà mai più come prima; sa che è finito persino il tempo della bellezza, e che d'ora in poi vi sarà solo una gamma di espressioni estetiche improntate agli estremi. Sa che su di lui la storia emetterà un giudizio impietoso, una condanna delle sue colpe, la cui punizione, però, è anche la fine del suo soffrire.

In questo ripercorrere la sua vita, egli ha a compagni due vecchi amici, Pietro Aretino e Sebastiano del Piombo, presenti con lui non fisicamente, ma come proiezioni fantasmatiche della sua coscienza, l'una oscura, magmatica, provocatoria e violenta, l'altra limpida, di fedele e vellutata dolcezza; col loro stimolo, a volte di brutale franchezza, altre di una comprensione capace di lenire il dolore, il lungo cammino di sofferenza intravvede la possibilità di una pacificazione finale. Da questo flusso di autocoscienza, la figura di Clemente VII esce umanizzata, ingrandita, rispetto a quella del politico un po' grigio che la storia ci ha consegnato; in fondo si sono concentrate nel periodo del suo papato tutte le maggiori sciagure dell'epoca, dalla riforma luterana al Sacco di Roma, e se in parte non è stato capace di fronteggiarle, altri papi hanno avuto la fortuna che il loro tempo semplicemente sia sempre filato liscio.

Il libro inizia con una lettera d'invenzione, nella finzione narrativa scritta dal papa a Michelangelo nel settembre del 1533, e termina col vero incontro a San Miniato al Tedesco, fuori Firenze, ove la tradizione vuole gli sia stato commissionato il Giudizio Universale. Per tutto il resto, il Buonarroti è il grande assente; mentre il nervo che sostiene il peso di tutta l'arte di Roma è quello di Sebastiano Luciani, rimasto, dopo la morte di Raffaello il Venerdì Santo del 1520, l'unico e incontrastato dominatore della situazione. Non è certo compito della letteratura dare giudizi storico-artistici, ma, assecondando una tendenza in atto nella storiografia degli ultimi quarant'anni, Sebastiano risulta anche in queste pagine con la grandezza d'un gigante sul panorama romano; una statura che cresce, soprattutto per i meravigliosi ritratti, quasi sempre più belli di quelli di Raffaello stesso.

È in fondo all'arte della pittura che Anna Zaniboni Mattioli guarda per una compiuta comprensione della vita, e quasi per un rasserenamento dell'esistenza; ne sono specchio le espressioni circa l'*Autoritratto* viennese di Parmigianino messe in bocca a Clemente VII: "*a un ragazzino è bastato ritrarsi come immagine riflessa in uno specchio convesso per capire che il mondo non è misurabile, che tutto in realtà è caos e buio. A un ragazzino è bastato guardarsi allo specchio, io ho dovuto vedere Roma violata e arrivare ad limina vitae prima di capire il fatale errore*". Nel pensiero cinquecentesco esse non sarebbero state possibili, nel momento stesso in cui il dipingere era concepito, oltre la comprensione, come un'operazione strutturante, un mettere ordine nei dati grezzi della natura; ma è per l'appunto dall'aggressione alle convinzioni e alle certezze, portata dai fatti della storia, che quell'idea, piuttosto contemporanea, ha iniziato a farsi strada.

Vi è infine, in questo libro, un risvolto didattico e politico che credo occorra sottolineare. Riflettendo sulle sue esperienze scolastiche liceali, con la consueta levità di scrittura miracolosamente germinata dalla densità del pensiero, Luigi Meneghello racconta il modo in cui la storia dell'arte era insegnata negli anni Trenta: "*È quasi certo che la Merkel (la sua professoressa di allora) era una degna persona, ma aveva fatto una profonda esperienza della sventura in quanto le era toccato di dover insegnare storia dell'arte, e un senso di sventura s'era diffuso in ogni parte della sua materia, periodi, scuole, opere, autori. Sedendo ai piedi di lei (erano in austere scarpe) si sentiva che l'arte è fondamentalmente lutto, la parte funeraria dell'umanità.*" (*Fiori italiani,* 1976, ed. Oscar oro Mondadori, 1988, p. 94). L'altra faccia della medaglia era che "*i più bravi imparavano a discorrere di grandi categorie di fatti senza conoscere i fatti! In genere non si dava importanza alle piccinerie del sapere effettivo; ciò che importa è avere concetti sul disegno generale, il resto (come forse si direbbe oggi) non sono che nozioni. Decenni più tardi abbiamo assistito al processo intentato forse un po' confusamente al 'nozionismo' nelle scuole. Ma in base alla nostra esperienza sembra ben chiaro che le cattive nozioni non facevano il danno peggiore, erano i cattivi concetti che devastavano la mente*" (p. 97). Continuando quella mummificante tradizione, gli italiani di oggi hanno in genere smarrito il senso del loro posto nel mondo, e, nell'eterno presente di un paese dei balocchi tecnologico, tra *smartphones* e *twitter*, non sanno, non ricordano più quelle opere d'arte che li hanno resi grandi agli occhi delle altre nazioni. Ancora oggi, nonostante tutto, nel vuoto di conoscenze, la loro comprensione, la tutela, la valorizzazione sono strumentali al Moloch del Turismo, inteso puramente come modo per ricavarne dei guadagni. Scuola e società dovrebbero darsi da fare per invertire la tendenza; ma, nell'attesa, speriamo che il racconto, così vivido, così fatto con gli occhi d'oggi -ma basato su informazioni e conoscenze rigorose, sulle "piccinerie del sapere effettivo"-, di uno dei momenti più fulgidi della storia dell'arte italiana, possa accendere la curiosità di qualche lettore a tornare ai fatti, alle nozioni, a figurarsi il contesto del mondo circostante, a capire che tutto lo stare al mondo dell'uomo è un processo, e che molte parti di quello in cui ci troviamo immersi possano aver tratto origine da epoche lontane. Mi auguro, insomma, che possano essere sempre più scritti libri come questo di Anna Zaniboni Mattioli, che riportano la vita entro storie che parevano morte; di modo che l'interesse si sposi all'immaginazione, in una smentita del giudizio ironico e tranciante di Miss Tilney.

Mauro Lucco

Anna Zaniboni Mattioli

Il tempo ritorna

A Margherita e Beatrice

fig.1 Sandro Botticelli, La Primavera, tempera su tavola, 1485 c.a, Firenze, Galleria degli Uffizi.

fig.2 Sandro Botticelli, Adorazione dei Magi, tempera su tavola, 1475 c.a, Firenze, Galleria degli Uffizi.

fig.4 Sebastiano del Piombo, Ritratto di Clemente VII, olio su tela, 1526 c.a, Napoli, Museo e Gallerie Nazionali di Capodimonte.

fig.3 Sandro Botticelli, Ritratto di Giuliano de' Medici, tempera su tavola, 1478-80 c.a, Washington DC National Gallery of art.

fig.5 Pontormo, Vertumno e Pomona
Lunetta ad affresco, 1520-21, Poggio a Caiano, Villa Medici.

fig.6 Pontormo, Ritratto di Cosimo il Vecchio, olio su tavola, 1519,
Firenze, Galleria degli Uffizi.

fig.7 Raffaello, Trasfigurazione, olio su tavola, 1516-20, Città del Vaticano, Pinacoteca Vaticana.

fig.8 Sebastiano del Piombo, Resurrezione di Lazzaro,
olio su tavola trasferita su tela, 1516-19, Londra, National Gallery.

fig.9 Michelangelo Buonarroti, Tomba di Lorenzo de' Medici, 1524-34 c.a, Firenze, Sacrestia Nuova di San Lorenzo, Cappelle Medicee.

fig. 10 Michelangelo Buonarroti, Giudizio Universale, affresco, 1533-41 c.a, Città del Vaticano, Cappella Sistina, Musei Vaticani.

Una lettera

In Nomine Domini Nostri Jesu Christi Nos Clemens VII Sanctae Romanae Ecclesiae Pontifex Servus Servorum Dei a Michelangelo Buonarroti.

Salute a te e Apostolica benedizione

La misericordia di Dio ci conceda di affrontare in salute il lungo viaggio appena intrapreso.

Michelangelo, abbiamo saputo dei tuoi progressi alle sepolture dei nostri e ce ne rallegriamo.

Tu sai che i Pontefici non vivono molto. E noi non potremo nemmeno forse desiderare di vedere o almeno intendere esser finita la cappella e anche la biblioteca a fianco del san Lorenzo nostro. Noi ci rassegneremo ad una buona pazienza e pregheremo il Signore Dio Nostro che ti solleciti all'azione per fare tutto insieme e bene.

Intanto è occorsa al nostro animo una nuova grande determinazione e abbiamo urgenza di parlartene subito prima di imbarcarci. Caterina nipote nostra ci precede di pochi giorni. E attenderà il nostro arrivo per imbarcarsi sulle galee di Albany.

Noi ti aspetteremo a San Miniato al Tedesco. Non indugiare.

Resta con la benedizione di Dio e nostra.

J

Firenze,
17 settembre 1533

La grafia, la riconobbe per lunga consuetudine, era quella nervosa ma elegante, semmai un poco affaticata dall'età ma inconfondibile del papa, Clemente VII de' Medici. Si era firmato J(ulius), e che gli scrivesse personalmente, senza usare un segretario era evidente segno di perdono dopo gli ultimi gravi dissapori tra di loro. E Michelangelo, di primo acchito, se ne rallegrò.

Se Giulio de' Medici, (questo infatti il nome di battesimo del pontefice, il nome con cui Michelangelo aveva familiarità fin dall'infanzia), gli ordinava di interrompere il lavoro che stava eseguendo a Firenze e partire subito per incontrarlo a San Miniato prima di salpare per la Francia per celebrare il matrimonio di sua nipote Caterina col secondogenito del Cristianissimo re di Francia, matrimonio che coronava le sue più spregiudicate ambizioni dinastiche, doveva essere per qualcosa di straordinariamente importante.

Poi risalirono a galla vecchi rancori e diffidenze. Ancora con la lettera fra le mani, fu tentato di disobbedire e di non partire. E poi, non stava sufficientemente glorificando i Medici nella sagrestia nuova di san Lorenzo a Firenze? Che altro poteva mai volere ancora da lui? Perché fargli interrompere il lavoro alle tombe?

Poi la rabbia, lo sapeva bene lui stesso ma lo sapeva soprattutto anche il papa, avrebbe lasciato il posto ad una razionalità ancora confusa, ad una curiosità malata mista ad una avidità mai sazia di denaro. Calpestando dunque i più recenti ricordi che conservava di Clemente VII, Michelangelo avrebbe fatto i bagagli e sarebbe partito.

Così infatti era stato.

San Miniato al Tedesco, palazzo del vescovo,
20 settembre 1533

Gli informatori rassicurarono Clemente VII sul fatto che Michelangelo fosse partito precipitosamente da Firenze.

Stava arrivando dunque e precipitosamente.

Per servirlo ancora una volta.

Il pontefice sospirò soddisfatto, quasi eccitato, e ringraziò sinceramente Dio.

Verso le dieci del mattino entrò il segretario, gli si accostò e gli sussurrò – È arrivato, Santità. Attende di essere ricevuto–.

– È già arrivato dunque? – chiese Clemente VII con un sussulto che non riuscì a trattenere.

– Quanta fretta di arrivare … –, continuò con sarcasmo guardando il segretario di sottecchi. Questi annuì.

Il papa si strinse nelle spalle e socchiuse gli occhi come se stesse pensando a qualcosa di molto importante. Poi il suo volto stranamente e all'improvviso si distese. Fermò il segretario che stava uscendo per far entrare l'ospite.

– Lo riceverò domani – sorrise enigmatico Clemente VII – Michelangelo Buonarroti attenderà pazientemente che il papa si degni di riceverlo".

Poi, fissando il segretario negli occhi – Il viaggio mi ha stancato più del previsto. Sono stanco, molto stanco. Credo che riposerò.

Per qualche ora non voglio essere disturbato – disse scandendo bene le parole.

Il segretario si inchinò e uscì dalla porta senza mai voltare le spalle.

La voce

San Miniato al Tedesco, palazzo del vescovo, mattina del 20 settembre 1533

Succedeva già da alcuni giorni. S'era dapprima impensierito poi aveva lasciato fare, docilmente.

Il bellissimo volto di sua madre Fioretta o quel che di esso rimaneva nella sua memoria, ondeggiava ossessivamente davanti agli occhi del papa. Si perdeva, quasi liquefatto, nei contorni delle colline che vedeva dalle piccole finestre del palazzo di San Miniato e prima ancora dalla carrozza durante il viaggio.

Fino a quel momento, nei suoi ricordi, sua madre era stata niente più che un'idea ed un volto, quello della Flora dipinta da Sandro Botticelli in quel dipinto del destino conservato nella villa di Castello, un volto fermato nella gioia di un futuro possibile, nella gloria di una maternità ancora felice. (fig. 1)

Come se in tutti quegli anni Fioretta fosse vissuta soltanto in quel dipinto, imprigionata in un'eterna primavera, quella primavera... Sentiva addirittura che senza quelle favole pagane egli stesso non sarebbe mai esistito. Senza poterlo mai confessare ad alcuno, era certo di esser nato dall'amore di Zefiro e Flora e che nella Storia non ci fossero state mai nozze più sacre di quelle dei suoi genitori mai celebrate dall'uomo e tanto meno in un tempo documentabile, ma testimoniate e benedette dalla mano serena di Sandro Botticelli.

I ricordi di suo padre Giuliano de' Medici e Fioretta Gorini, due giovani in carne ed ossa che in un'estate troppo breve e troppo lontana si erano amati segretamente nella casa amica dei Sangallo, per lui in fondo non c'erano mai stati. Non esistevano. Davanti ai suoi occhi solo l'amore eterno fra due esseri immortali.

Giuliano aveva trovato la gloria nei versi del Poliziano e la vita eterna fra i colori del Botticelli. Di Fioretta rimaneva solo un sorriso appena accennato, ma vero, verissimo, carpito in un tiepido pomeriggio di primavera nel mitico giardino dei Medici. Della bellissima donna che era sfiorita in solitudine e nell'anonimato nella buia casa del padre corazzaio però più nessuna traccia.

– A che cosa pensate? – chiese una voce, un ruggito morbido alle spalle del papa.

Egli, pur essendo convinto di essere completamente solo nella stanza, non sembrò meravigliarsi né della voce né dell'insolenza di quella domanda.

– A mia madre – rispose tranquillo, continuando a guardare fuori dalla finestra, quasi parlando con se stesso.

– A vostra madre? – chiese la voce con provocatoria meraviglia.

Il papa annuì gravemente senza voltarsi come se la voce fosse uscita dai propri pensieri.

– Non si sapeva che aveste avuto una madre – continuò la voce con sarcasmo – ... d'altronde la vostra vita è sempre stata avvolta dal mistero. Sembrava che foste direttamente nato dalla costola di vostro padre, uscito dritto dai lombi dei Medici.–

Nemmeno dinanzi a tale manifesto dileggio il papa si voltò anche se un breve scarto del corpo denunciò che aveva subito il colpo. Una frustata.

– In effetti non ho mai pensato a mia madre... Ho solo parziali ricordi della mia prima infanzia. E se ho cercato di ricostruire qualcosa cui non ho in effetti assistito, mi sono limitato ai racconti di mio zio Lorenzo, di mia nonna Lucrezia, vecchia folle di dolore, agli amici di mio padre. Ma non a mia madre... – disse il papa facendo una pausa e abbassando gli occhi.

– E...? – chiese la voce come invitando soavemente a continuare il pensiero.

– Ho sempre pensato che fosse un privilegio poter aggrappare il ricordo della propria madre all'immagine di una dea. Mia madre è stata la Flora lieta dipinta da Sandro Botticelli. Nel suo ventre di donna incinta sta il mio primo ritratto, l'unico felice della mia esistenza.– Si interruppe un istante – C'è un dipinto – spiegò a chi poteva non sapere – là, nella villa di famiglia a Castello...–

– Sì, certo... – fece la voce come se conoscesse bene quel dipinto. Il papa non si insospettì.

– Mio padre lo comandò a Sandro Botticelli, prima della mia nascita. – continuò Clemente – Nessuno sa che quel dipinto fu mio padre a volerlo...per me, in fondo la prima, unica, fatale armonia della mia vita. Il giardino più stupefacente fu immaginato e voluto per me. Il giardino, quello delle Esperidi, chiuso eppure infinito, è l'aranceto dorato e sovrabbondante dei Medici senza tramonto e senza orizzonte, l'unico luogo possibile per l'amore umano ed insieme divino di Zefiro per la ninfa Clori che, sedotta e poi veramente amata, diventa Flora. Ecco Zefiro, il Magnifico Giuliano. Seduce Clori che, amata e divenuta dea e sposa felice,

Flora, racconta la propria storia e dalle labbra escono fiori e parole e il suo ventre appena prominente nasconde il frutto di quell'amore, il bambino destinato a trionfare glorioso sulla Primavera e sulla Vita. E ovunque le fiamme d'amore e i frutti odorosi di maggio i dolci frutti d'oro, gli aranci e i cedri, le palle dello stemma dei Medici a dire che il futuro è di Giuliano, della stupefacente bellezza di Fioretta incinta e dell'erede, inconsapevole di tanta gloria, nascosto (o mostrato?) sotto una veste leggera –.

– Lontano il mondo, lontano l'inverno appena trascorso – interruppe la voce – speso da alcuni a ordire la morte di Giuliano de' Medici dunque; lontani i sospetti di morte prematura, lontane le invidie cittadine, lontana la bestiale umanità. Solo il maggio del destino. Ecco l'armonia che vostro padre aveva voluto per voi. –

Il papa annuì. – Poi...–

– Poi? – chiese con ansia la voce.

– Poi ci fu la congiura di aprile del 1478 e la morte di mio padre e il dipinto che avrebbe dovuto celebrare la mia nascita, la vita stessa, l'amore sublimato, la primavera dell'esistenza, rimase per un po' di tempo nello studio del Botticelli, incompiuto. Era stato terminato lo sfondo del giardino, le piante cariche delle arance medicee, il volto di Fioretta con la veste appena increspata da Zefiro, da Giuliano, dio passionale e gentile che l'aveva sedotta e amata e poi se ne era andato proprio col vento d'aprile e non aveva potuto nemmeno vedermi...– Silenzio.

– E? –

– Poi quel quadro, tempo dopo, lo vide nello studio del Botticelli mio zio, il Magnifico Lorenzo. Dal dolore e dal buio della congiura e della mia nascita dovevano scaturire gloria futura e soprattutto, come per tradizione di famiglia, bellezza imperitura. Lorenzo decise e diede al Botticelli una nuova commessa. Nel dipinto che sarebbe stato terminato per divenire un dono di nozze, si sarebbero affidati alla storia il genius familiae la mia nascita, la morte di mio padre, e la vendetta squisitamente estetica di quell'omicidio (giacché quella umana era stata già consumata con inaudita ferocia); si sarebbe reso onore alla materna e mitica bellezza di Fioretta. Si sarebbe data nuova sistemazione e giustificazione a colei che era stata la vera fidanzata di Giuliano ed ora era vera sposa di un altro Medici: Semiramide Appiani, signora di Piombino.–

– So che quando, nel 1482, avvennero le nozze di Semiramide con Lorenzo di Pierfrancesco de' Medici, vostro parente, il dipinto, appena terminato, fu donato dal Magnifico alla coppia e posto nella villa di Castello. Alla luce di questi fatti però nella contemplazione di quella specie di specchio stava una sorta di balsamo per la coscienza della famiglia che valeva certo più di una vittoria militare contro i Riario o della bestiale ritorsione contro gli odiati Pazzi che del papa Sisto IV erano stati il braccio armato nella congiura di aprile.–

– Nell'eternità dell'arte e del mito, la famiglia si ritrovava magnifica e immortale: si rendesse allora testimonianza delle unioni che avrebbero dovuto essere e non furono, di quelle reali, del futuro gravido di giusta gloria. Ho visto quel quadro molte volte a Castello, e tra quei personaggi ho contemplato penosamente la mia vita non com'era, ma così come avrebbe dovuto essere se il destino fosse stato solo un po' più giusto con me. Mio padre è morto solo un mese prima della mia nascita...– concluse il papa con un profondo sospiro.

– Il ritratto di vostro padre nelle fattezze di Zefiro era stato dal pittore sostituito da quello di Lorenzo di Pierfrancesco, lo sposo. Dell'amore di Giuliano e Fioretta rimaneva un breve, straziante ricordo nell'abbraccio fra Zefiro e Clori. La vera sposa, anche se di un altro Medici, non sarebbe mai stata purtroppo Fioretta, la bionda figlia del corazzaio Gorini, ma in ogni modo Semiramide Appiani –.

– Dopo la congiura di aprile e la morte di Giuliano, al collo di mia madre fu posta dal pittore una ghirlanda di fiori. Non erano i fiori d'amore che ovunque illuminavano l'aranceto mediceo, ma erano fiori di ellèboro, la pianta "dei pazzi" a eterna memoria della famiglia che aveva voluto la morte del Magnifico Giuliano ed interrotto il suo perfetto sogno d'amore.– Poi il papa con un gesto lento e maestoso alzò lentamente un braccio verso l'alto, l'indice puntato al cielo a fare una lenta rotazione.

– Ci sarà sempre un dio benigno che col suo caduceo disperderà le nubi del cielo, mi diceva mio zio Lorenzo.– disse.

– Che lo diciate voi che siete il pontefice di Santa Romana Chiesa.... Comunque nuovi rami nascono da quelli recisi. Quelli che ardono non si consumano. Questo non lo avete mai dimenticato a quanto pare.–

– In quel quadro non spirava l'aria di borgo Pinti, l'aria buia della casa del corazzaio Gorini...– disse il papa con una strana smorfia sul viso.

– Vi vergognate forse delle origini di vostra madre?– chiese insinuante la voce.

Il papa negò con un lento movimento del capo e chiuse gli occhi a ricordare... – No, non si tratta di vergogna. Mia madre... ricordo solo tre incontri con mia madre. Nelle rare, brevissime, stranianti conversazioni avute con lei, ormai un'estranea, potei almeno immergermi nell'acquoreo, malinconico chiarore dei suoi occhi, ma solo per cercare di rivedere mio padre nello splendore in cui lo aveva visto lei e trovare, se mai c'era stata, traccia di un'antica elezione.

Taciuti per forza e decoro gli incontri amorosi, serrati nel forziere della sua pur giovane memoria, Fioretta, donna destinata a non morire del tutto, – scandì quasi a cercare l'esatta parola – volò lieve anche nel ricordo, quasi accennasse un passo di danza.

La stanza di casa Gorini che Fioretta non aveva mai abbandonato, stava sopra la bottega del padre corazzaio. Era disadorna, in penombra. Aveva interrotto i suoi lavori femminili al mio ingresso. Dovette trovarmi, come tutti del resto, molto somigliante a mio padre. Forse fu come se il Magnifico Giuliano fosse entrato ancora una volta in quella stanza come era avvenuto anni prima in quella lontana estate, l'ultima estate insieme. Ricordo che il suo volto, ancora bellissimo, nel vedermi tradì una lieve emozione.

Io non trovai voce per proferire un saluto. Abbassai solo gli occhi. Lei, rivolgendosi a me disse solo: – Signore...–

Mi sedetti di fronte a lei. Ci guardammo in assoluto silenzio. Cercavamo forse entrambi, io sicuramente, mio padre. Lei, nella mia somiglianza lo aveva già trovato e cercava invece me. Ma io le chiesi solo un ricordo di lui.–

– Per lei e la sua vita quieta e senza leggende nessun interesse, evidentemente.– disse con crudeltà la voce.

Il papa non rispose. – Fu un breve e povero racconto quello di Fioretta, intervallato da lunghi, imbarazzati silenzi. Rade le memorie, sconosciute o quasi le parole per raccontarle, assente la confidenza...solo notai allora con dolore che a quelle parole mancavano la luce e la musica delle conversazioni e delle letture cui assistevo nelle ariose stanze di via Larga o nella villa di Careggi. – Si prese il volto fra le mani...– Fioretta, mia madre osò raccontare della prima volta che vide Giuliano. Era la giostra del 29 gennaio del 1475, in piazza Santa Croce...la neve caduta abbondantemente su Firenze...i rumori attutiti, poi un'ovazione della folla assiepata ed infreddolita. Eccolo! Era lui, Giuliano, che entrava a cavallo in piazza. Prima degli avversari Giuliano sfidava il candore della neve...

Splendore su splendore, dovetti forse pensare. ... Unico contrasto, nel biancore assoluto delle vesti e della neve, i suoi bei capelli scuri appena ondulati – e un gesto appena accennato dalla mano di mia madre tradì il ricordo forse di una carezza a quei capelli. Lo precedevano nove trombettieri, continuò nel suo povero racconto, con pennacchi candidi su cui era raffigurato il suo emblema: di smeraldo di velluto e rubini... Lui tra la folla quel giorno non l'aveva nemmeno notata, mi aveva confidato con un sorriso modesto, ricordo adesso quel sorriso... – disse sfiorandosi con la mano le labbra – L'aveva però notata mesi dopo mentre andava a trovare l'amico Antonio da Sangallo che viveva a pochi passi dalla casa dei Gorini....Gli occhi di mia madre brillarono a ricordare lo spettacolo della giostra, ma io non pensai alla sua gioia, no, no, perché ero un bambino infelice e pedante...le chiesi se ricordasse lo stemma..., l'emblema che s'era scelto *mio* padre, avevo rimarcato, era stato suggerito dal Poliziano ed era il broncone ardente: rami verdi che ardono, un'assurdità della natura, vita che non muore.–

A quel "mio" lei s'era appena ritratta ferita. E io non sono vostra madre? avrebbe forse voluto dirmi ma non lo fece, tacque, le parole si erano seccate in bocca...e lo stemma no, non se lo ricordava...

– Quell'emblema – continuai con non so quanto inconsapevole crudeltà – fu scelto in omaggio alla *sans pareille*, a Simonetta Vespucci –.

Mia madre forse non sapeva nemmeno che cosa volesse dire la sans pareille, non poteva sapere, non poteva capire chi fosse e che cosa avesse rappresentato Simonetta Vespucci nella vita di Giuliano... Abbassò gli occhi bellissimi, umiliata. Sapeva solo che Giuliano aveva amato lei e che quando entrava in casa Gorini amava solo lei. E avrebbe potuto giurare, lo dico io ora, che al solo vederla Giuliano avesse dimenticato non solo la morte della Vespucci ma anche che fosse mai esistita...

Provò Fioretta a continuare il suo racconto, ormai solo la povera cronaca di quel giorno. Ma sentì che io non ero mai stato suo e non lo ero purtroppo nemmeno in quel momento che le stavo di fronte e forse non stavo nemmeno ad ascoltarla.

– Bianche le vesti di Giuliano sotto l'armatura lucente, bianco il cavallo, bianco lo stendardo – mi disse tentando l'impossibile, tentando di aprirsi un varco in un cuore chiuso nel ghiaccio.

– Lo stendardo...– sussurrai io.

– Lo avete forse già visto? Esiste ancora? – chiese Fioretta con emozione.

Annuii gravemente quasi fossi un adulto. – È conservato nella camera di mio cugino Piero accanto al ritratto di mio padre. –

No, non ero veramente mai stato suo. I miei pensieri strabordarono dalle anguste pareti di casa Gorini e tornarono per un istante in via Larga a contemplare il mito creato perché mio padre vi abitasse in eterno dopo la congiura del 1478. La giostra, per quanto magnifica, era stata solo un inizio, un suggerimento, un volo dell'anima, un magnifico gioco intellettuale colto da Angelo Poliziano e divenuto poi poesia. Le Stanze composte dal Poliziano per Giuliano si erano interrotte giusto prima che il mito tornasse alla realtà, al sangue versato sul freddo pavimento della cattedrale di quella domenica di morte. La sans pareille, la senza pari, indossava le vesti e le armi impenetrabili della casta Minerva. Accanto a lei, Amore, con le ali stropicciate e legato ad un ramo d'ulivo. Amore, ultimo segno di umanità e di passione nei cieli tersi del mito.

Di quella giostra sapevo già tutto. In fondo non mi importava più la scarna cronaca che poteva farmi allora mia madre. – disse dolorosamente il papa.

– Per voi – disse duramente la voce – contavano solo i racconti del Magnifico e dei suoi dotti amici che avevano accompagnato Giuliano dalla vita reale fino al limite, alle soglie del mito. Vostro padre era stato condotto in alto, al pari degli dei. Eppure la poesia, lo vedete bene, anche quella pura dell'amico Poliziano, non aveva potuto cogliere nulla dell'amore di Fioretta e Giuliano. Di quell'amore l'incapace poesia avrebbe trattenuto niente più di un fantasma...le ore d'amore trascorse nella casa amica dei Sangallo furono soltanto loro e di nessun altro, Santità.–

– È vero, non lo nego, non ora. L'espressione stranita e rattristata di mia madre – continuò il papa – mi fece capire quanto fossimo distanti e che in fondo quella conversazione, seppure appena iniziata, fosse in realtà già finita. I suoi ricordi apparentemente pochi e poveri non aggiungevano niente al mito che gli amici dei Medici ed io stesso avevamo costruito attorno a mio padre. Mi alzai di scatto. Non avevo ragioni per rimanere ancora...– disse con desolazione Clemente.– Prima però che io uscissi da quella stanza per non farvi mai più ritorno, Fioretta dovette combattere contro se stessa e l'educazione che aveva ricevuto se osò trattenermi delicatamente per la mano e rivolgermi ancora una parola fissando i suoi occhi oltremare nei mei – Signore, siete nato in questa povera casa di borgo Pinti...fu un mattino di sole, per me di vero sole... era maggio, vostro padre era morto da nemmeno un mese. La vostra nascita fu la mia sola gioia, abbiate la bontà di ricordarvelo un giorno.–

– Io abbassai la testa senza trovare una risposta. Me ne andai e non la rividi mai più...– disse. Poi tacque sovrastato dall'amarezza di quel ricordo.

–Torno a chiedervelo...vi vergognate dell'origine di vostra madre? – chiese la voce.

Il papa ebbe un sussulto e non rispose direttamente. Ma sembrò ritrovare forza dicendo – Quando nel 1512 rientrammo con i miei cugini in Firenze dopo i diciott'anni di esilio...– disse.

La voce lo interruppe con acredine e puntualizzò – Rientraste solo dopo diciott'anni di inutili tentativi perché vi fecero entrare gli spagnoli, mossi da Giulio II. Fecero saccheggiare Prato che cedette di schianto. Fu una strage, Santità! Lo ricordate? – quasi gridava – Voi c'eravate! Sentivate le urla delle donne e dei bambini innocenti?–

Anche Clemente alzò il tono della voce – Mio cugino il cardinal Giovanni ed io cercammo di salvare più persone possibili. Le sue guardie salvarono centinaia di quelle donne e di quei bambini in duomo – disse il papa disperato. – Se Firenze dinanzi all'ordine di arrendersi si fosse arresa, Prato non sarebbe stata attaccata. Il Gonfaloniere Pier Soderini con il suo folle orgoglio fu il vero responsabile di quella strage! La sua ostinazione provocò il sacco di Prato. Tutti avremmo voluto evitarlo, Giovanni ed io per primi.–

– Siete sicuro che invece non vi fosse necessaria una prova di forza dinanzi ai vostri vecchi concittadini? Che non si dovesse piuttosto finalmente vedere quanto i Medici, sostenuti dalla Spagna e dal papa, fossero dopo quei diciotto anni di umiliazioni divenuti forti?–

– Cosa – chiese il papa adirato e incredulo.

– Pier Soderini fuggì con la stessa fretta con cui eravate fuggiti voi Medici verso Bologna diciott'anni prima. E voi, finalmente, in quell'agosto del 1512 rientraste in Firenze, ma la strada che vi aveva ricondotto in patria si era alla fine orrendamente macchiata del sangue dei vostri concittadini. La luce eccessiva, bianca e accecante di quella bollente giornata di agosto forse vi impedì di leggere l'ostilità che stagnava negli occhi dei fiorentini. Firenze, Santità, come potete constatare anche oggi, non avrebbe più dimenticato.–

– Non stavamo parlando di questo mi pare!– disse il papa cercando di cambiare discorso.

– Con rispetto, siete voi che avete parlato del rientro dei Medici in Firenze, Santità!–

– Stavamo parlando di mia madre e quel discorso era finalizzato a lei. Se questo vuol essere un processo alla mia persona, – disse con una certa ironia Clemente – allora vi dico che il capo d'imputazione è un altro e non la politica, si parlava di mia madre e della mia imperdonabile dimenticanza nei suoi confronti.– Voltò velocemente la testa verso la direzione da cui sentiva provenire la voce, ma la rigirò subito verso la finestra per paura di vedere in effetti qualcuno. Come chi teme di vedere un fantasma. Temeva a quel punto in effetti di non essere solo.

– Dissi che quando rientrammo in Firenze, non si trattava solo di riprendere Firenze, ma di ricostruire la famiglia, anche nella sua forma più esteriore, ville e palazzi inclusi. Fui io più dei miei cugini che volli immediatamente riprendere i lavori alla villa dell'Ambra a Poggio a Caiano, quella lasciata incompiuta da mio zio Lorenzo proprio nell'anno della sua morte, nel 1492. I diciotto anni di esilio avevano reso l'Ambra un pietoso rudere, desolato, là in mezzo a quella meravigliosa campagna, abbandonato, esposto all'ingiuria delle intemperie e dei nemici dei Medici. Quello l'ultimo sogno interrotto del Magnifico, ormai una rovina agli occhi dei viaggiatori che si soffermavano al Poggio malinconici e incerti. Avrebbe voluto il Magnifico vedere concluse almeno le ariose logge che un giorno forse aveva "ritratto" anche Leonardo in un dipinto mai concluso per i frati di Scopeto!...

Ebbene, nel 1512 del nostro ritorno a Firenze viveva ancora l'architetto Giuliano da Sangallo che sotto Lorenzo aveva guidato i primi lavori all'Ambra. Il destino sembrava volergli concedere il tempo di concludere il sogno suo e del Magnifico. Era vecchio, vecchissimo ma pronto a tornare all'Ambra a dirigere i lavori e coprire con una favolosa unica volta a botte, ampia come non lo si era mai vista prima, il grande salone centrale.–

– Cosa c'entra tutto questo con vostra madre?– chiese la voce con una certa impazienza.

– Se mi lasciate finire! – rispose il papa stizzito.... – Quella volta a botte sarebbe stato un unicum architettonico proprio come erano sempre stati i sogni di Lorenzo anche quando non erano mai usciti dalla sua mente. Per tacitare le mie perplessità sulla sua tenuta, Giuliano da Sangallo collaudò la volta (costruita con la stessa tecnica) prima nella sua casa di borgo Pinti. E volle che io presenziassi al collaudo. E qui c'entra mia madre, perché quel giorno ritornai in borgo Pinti dove non ero più stato dall'ultimo incontro con mia madre almeno venticinque anni prima. La casa del corazzaio era a pochi passi e io non chiesi nulla su chi vi abitasse allora. Uscii tempestosamente dalla casa dei Sangallo e non mi voltai nemmeno, se per caso potessi vedere alla finestra ancora forse mia madre o qualcuno dei Gorini...–

– La casa del corazzaio...– disse la voce – quanto disprezzo!, il vecchio Gorini è stato vostro nonno, al pari del raffinato Piero de' Medici, non credete? Ma sapete ciò che credo sia la cosa più disdicevole, anzi, scandalosa di tutto questo vostro racconto?–

– Dite!, potrei forse impedirvelo?– disse il papa con ironia rassegnata.

– Quando stavate raccontando di Giuliano da Sangallo e soprattutto dell'azzardo di Lorenzo vostro zio, i vostri pensieri erano tutti raccolti e tesi all'Ambra, ai Medici e alle loro committenze, non a vostra madre. Voi, ...ora azzardo perfino a dire quali sarebbero state le parole che avreste detto se io non vi avessi interrotto...vediamo...voi avreste detto che dopo quel collaudo in borgo Pinti, all'Ambra fu gettato il calcestruzzo, fu realizzata la volta e fu un trionfo. Intervennero subito i pittori per decorarla: gli anelli col diamante, le piume, il broncone ardente incrociato a esaltare il decimo Leone romano e il giogo del papa, giacché intanto, va detto, in quel trionfale (per voi!) 1512 vostro cugino Giovanni divenne papa col nome di Leone X. Dopodiché, dopo aver idealmente saldato il proprio debito con la memoria del Magnifico, l'architetto, conscio di lasciare l'Ambra in buone mani, morì. Vostra madre, ammettetelo una buona volta, era solo un povero espediente per ripensare ancora ai Medici e alle loro committenze anzi, ormai le vostre.–

– Non meritate nemmeno risposta... la vostra perfidia è ributtante. Ho confessato e non so nemmeno perché l'ho fatto a voce alta con voi, che, tornato nella strada di mia madre dopo tanto tempo non mi sono preoccupato di chiedere notizie di lei. Non vi basta la sincerità di questa confessione? Chiunque voi siate, siete un essere ributtante.–

– Anche la realtà purtroppo, a volte, lo è Santità!–

– Ma che cosa pensate di me, dunque? Che io sia un mostro? Che non abbia cuore? – chiese il papa con rabbia.

– Un po' tardi ricordarsi di avere un cuore, a vecchiaia già inoltrata, Santità. Quel che penso di voi non è altro che quello che voi per una vita intera avete voluto che la gente pensasse. Voi avete creato questo grigio fantasma di gesso in cui amate abitare. Quando sentivate che la gente vi temeva voi gioivate, ne sono sicuro. Tutta la vostra vita è stata pazientemente costruita così.–

– Sciocchezze! Menzogne del popolo che non sa nemmeno di che cosa parla!– liquidò con un eloquente gesto della mano il papa. – Non devo dimostrare niente a nessuno di ciò che porto nel cuore!– continuò il papa con un rantolo che sembrava quasi un singhiozzo.

– L'avete mai fatto?– ripose in un sibilo la voce.

– La prova della mia buona fede è che io stessi pensando a mia madre prima che voi mi interrompeste e portaste i miei pensieri altrove. Volete dimostrare un vostro pregiudizio, a quanto pare, e volete condurmici a tutti costi.–

– Io invece sono convinto di aver solo preceduto di poco il corso autonomo dei vostri pensieri, vi sareste staccato autonomamente dall'immagine di vostra madre prima di quanto non immaginiate.–

Poi, fissando lo sguardo sulle colline fuori dalla finestra, Clemente continuò come se la voce fosse scomparsa e lui fosse ancora da solo con un profondo sospiro. – Non ho mai pensato al dolore di mia madre, mai, non l'ho mai vista come la vera vittima di tutta questa storia, anche delle vicende a seguire, la vittima calpestata da tutti, dai Medici in primis che l'hanno in effetti privata di tutto, anche di me, che ero l'unica cosa che le rimaneva. Fioretta calpestata dal destino e in fondo anche dall'amore di mio padre Giuliano che, pur avendola forse amata sinceramente, non avrebbe mai potuto sposarla e darle l'onore che meritava.

Ma ora, vecchio, mi ritrovo a ripensare, alla francescana bellezza di mia madre, alla sua sacra modestia. Non deve, non può più essere Flora. In verità non lo è mai stata.

È stato facile per tutti metterla in quel quadro, fin troppo facile chiederle un estremo sacrificio per la famiglia e la memoria di Giuliano dopo averle tolto l'onore, l'amore e il figlio. Posasse per il pittore dei Medici, per il costruttore di miti. La sua bellezza era funzionale ad un mito. Lei forse non ha nemmeno capito ciò che le fu chiesto. Non ha capito che così la si condannava ad un'estrema clausura. Il mondo si sarebbe ricordato di lei così. Letizia contro reale sventura. Anch'io mi sarei ricordato di lei così e questo fu il vero delitto. Si accontentasse dunque di diventare una dea!.

Lei deve aver frainteso. Il figlio la ricordasse meravigliosa. E forse felice...E lei lasciò fare.

Fioretta invece, silenziosa, occhi modesti, e di un azzurro davvero oltremare, deve aver accettato quell'ultimo sacrificio. In realtà non è stato altro che un povero fiore di campo avvizzito precocemente e abbattuto da una tempesta troppo forte... quel famoso vento d'aprile della congiura che ha ucciso mio padre. Quel giorno non è morto solo Giuliano ma anche Fioretta e il figlio che aveva in grembo. Io sono morto allora, prima ancora di nascere, ecco il paradosso inverato nella mia vita. Sono qui che parlo ma sono morto, sono nato morto e Fioretta è stata di nome e di fatto un fiore che i Medici, per troppo orgoglio, non hanno voluto coltivare nel loro sacro giardino dai frutti dorati. Cerco – continuò il papa con un sorriso amaro – da alcuni giorni a fatica di ricordare l'aspetto e l'odore della casa del corazzaio Gorini, le basse, modeste case della stretta Borgo Pinti dove stavano anche i Sangallo dove sono stato concepito e dove sono nato....in quel maggio di sole, come mi disse lei nel nostro ultimo incontro. Fu un mattino di sole...per me di vero sole...disse. E io bambino col cuore d'inverno non capii.

Il disastro della mia vita è iniziato in un mattino di maggio, di vero sole...Non tutti possono vantare una simile tragedia – disse il papa amaramente. – Sì avete perfettamente ragione voi, Gorini è stato mio nonno altrettanto come lo è stato Piero de' Medici. Il sangue dei Medici e dei Gorini si mischia nelle mie vene. E ora, il nipote del corazzaio Gorini, il settimo papa Clemente di Santa Romana Chiesa, ha dato in sposo il proprio figlio illegittimo alla figlia, altrettanto illegittima dell'imperatore Carlo V! Non si può che ridere dinanzi alla bizzarria della vita!! Esplose in una risata nervosa. – Ma... – e qui la sua voce si fece più amara – l'impresa più ardua è cercare di indovinare la sequenza infinita e tutta femminile dei giorni sempre uguali trascorsi da mia madre nella stanza in penombra di casa Gorini. Giorni spesi a cucinare, a ricamare e rammendare. Capisco solo oggi che mia madre non poteva avere ricordi di sposa. Di Giuliano non era stata che l'amante di un'estate. E nessuno, dopo il 1478, l'avrebbe mai più chiesta in sposa. Non ricordi di monaca perché nessuno ebbe la pietà di chiuderla in convento per far calare su di lei l'oblio. E io un tempo bambino dissennato, ho disprezzato il suo povero racconto della giostra vinta da Giuliano! Ho disprezzato ciò che per lei era sacro!–

– Oggi – continuò – so che a lei è toccato un limbo più doloroso perché senza nome e senza definizione. Più nessun sogno, solo i pochi ricordi che le aveva donato nel suo giovanile ed innamorato egoismo, il Magnifico Giuliano de' Medici. Per lui l'amore poté e volle essere folle e cieco. Per lei no.–

Lo sfogo del papa non meritava una battuta sarcastica da parte della voce. Non ora... perciò con ansia Clemente continuò il suo monologo –Ignoro se di me mia madre abbia più saputo nulla. Ma certo, che dico!; sì, è ovvio. Finché sarà stata al mondo avrà saputo tutto di me. E forse l'unica gioia sua sarà stato sapere che i Medici mi avevano protetto, mi avevano amato (perché ciò è vero!), educato, curato. Dopo la morte di mio padre la famiglia si è infatti chiusa protettiva attorno a me. Dal dolore e dal buio di quella nascita, dovevano scaturire gloria futura e soprattutto, come per tradizione di famiglia, bellezza imperitura. Lorenzo, in debito di riconoscenza verso il fratello morto al proprio posto, mi ha accolto fra i propri figli nella casa di via Larga. Fui subito affidato per i primissimi tempi ad una balia, poi ad un precettore sotto il diretto controllo del Magnifico. Gli agi e l'educazione, la più raffinata, furono pari a quelli dei miei cugini. Mia zia Clarice riversò su di me la sua potente, ammalata maternità oltre che su Lucrezia, Piero, Giovanni, Maddalena, Luisa, Contessina e Giuliano. Divenni un Medici anche se mio padre non mi aveva mai riconosciuto.

Alla morte del Magnifico si sapeva che, nelle sue intenzioni, avrei seguito mio cugino Giovanni già cardinale a Roma per intraprendere la carriera ecclesiastica. Fui docile nell'accettare le volontà di Lorenzo. E anche se, ve lo dico ora, avrei preferito esser uomo d'armi, decisi di fare solo ciò che la famiglia si aspettava da me. Il destino mi tirava per le vesti altrove e quelle vesti presto sarebbero state lunghe e rosse e infine bianche...E mia madre, da madre, lo credo, avrà solo sperato nella mia piena felicità. ... Ma ha mai conosciuto i miei trionfi pur ignorando quanto fossero imbevuti di tristezza? Ha mai saputo che sono diventato cardinale? Almeno quello? E poi pontefice? ... Ha mai pianto per me? – si chiese disperato – e sul lungo esilio dei Medici?, sui pericoli che ho corso con i miei cugini fino al 1512? Spero solo – continuò desolato – che fosse già morta alla notizia della congiura ordita contro di me e poi sventata nel 1522. Il piano era di uccidermi come mio padre, in duomo, durante la messa. L'altro suo amore ucciso sul pavimento di Santa Maria del Fiore no, non lo avrebbe potuto sopportare. Non la bionda e delicata Fioretta. Però, vedete? Anche in quel frangente, quello della congiura del 1522, ho pensato solo a mio padre. Nemmeno a me stesso. Perché, in fondo, quando scoprii la congiura, della mia incolumità non mi era importato un gran che. Non ebbi paura per me, ma paradossalmente ancora per mio padre. – disse il papa gesticolando e faticando a trovare le parole. – Era assurdo, ma era così. Come se con quelle pugnalate a me destinate dovessi per forza entrare nel mito con lui, deturpando quel mito con tutta quella vita terrena che a Giuliano non era toccata. Un confronto blasfemo e impietoso. Come san Pietro che aveva ritenuto, carico d'anni, di essere indegno di morire allo stesso modo del Suo Signore. Come se avessi temuto di vedere mio padre Giuliano morire ancora e stavolta davanti ai miei stessi occhi. Una vista che non avrei potuto tollerare...Sarei fuggito davanti al suo povero corpo accoltellato diciannove volte sul pavimento di Santa Maria del Fiore , come aveva fatto Angelo Poliziano nel 1478. Sì! era l'idea di essere equiparato a mio padre che mi sconvolgeva. Ma nell'orrore di quei momenti e di quei pensieri non pensai a mia madre... rivedevo solo il corpo di mio padre, le sue belle vesti inzuppate di sangue che nessuno, così mi raccontarono, aveva osato cambiare e che inspiegabilmente erano finite con lui nel sepolcro in san Lorenzo, come se nessuno avesse trovato il coraggio anche solo di toccare, ricomporre con un nuovo abito il corpo trafitto di Giuliano.

Sono io, solo io però il colpevole! Io che non ho più cercato nemmeno notizie di mia madre! Non mi sono mai interessato della sua vita e nemmeno della sua morte.

– Come è vissuta? – chiese la voce.

– Lo ignoro –

– Come è morta? Quando? –

– Non lo so... non lo so, non lo so, ma perché, quando ho sperimentato l'ardita volte a botte in casa Sangallo, durante la ripresa dei lavori a Poggio a Caiano, non ho chiesto notizie di mia madre che aveva sempre vissuto a pochi passi? Colpa di pensieri più alti? Ma più alti di che cosa, Signore? – chiese prendendosi la testa fra le mani.

– Spero almeno .... che la benevolenza di mio zio, dopo il 1478, le abbia garantito una certa sicurezza economica... – poi, prevedendo l'obiezione della voce continuò scuotendo la testa – no, so quello che volete dire, non si trattava di cambiare o comprare un bambino con del denaro. Mio zio avrebbe potuto lasciarmi nella casa dei Gorini e fingere e decidere che nemmeno esistessi. Ma mi volle in casa con sé ...si trattava di concedere a quella povera creatura, a mia madre, almeno una prospettiva di futuro meno dolorosa e incerta...–

La voce a questo punto avrebbe potuto parlare, ribattere e dire cose ovvie e dolorosamente evidenti. Gettare nuove e tremende accuse contro il papa. Clemente VII aveva, come tutti i Medici, abbandonato Fioretta al suo destino di solitudine e dolore. Questo ormai era chiaro anche a lui. Ma la voce, inspiegabilmente tacque. In fondo, forse l'aveva capito anche quella voce, il papa soffriva abbastanza. Si stava accusando da solo e da solo si stava dando il tormento.

– Di che malattie ha sofferto mia madre nella sua esistenza? – continuò Clemente in un crescendo di angoscia – i Medici, anzi, io stesso avrei potuto alleviare negli anni i suoi dolori? Non il denaro, il maledetto denaro, ma il mio fiato, il mio tocco, il mio bacio, il mio sguardo rasserenato che avrebbe potuto dire: sono qui madre, sono qui non temete più nulla, non siete più sola! Avrei potuto alleviare la sua solitudine alla fine? Se mai mia madre ha invocato il mio nome nell'ora estrema io non l'ho potuta sentire. . .e non sono potuto accorrere, perso com'ero nelle strade del mondo e dell'ambizione...Che Iddio mi perdoni.– Finì accasciandosi su uno scranno singhiozzando come un bambino.

La voce riprese a parlare, ma imprevedibilmente non inferse nessun colpo. Non accusò, non offese.

Il ruggito si addolcì e in un soffio disse – Avete ragione. Non fu una dea. Nessun'altra donna ebbe la terrestre grazia che fu di Fioretta, unica vera donna nel dipinto di Sandro Botticelli. Fioretta, unico vero, lievissimo peso a calcare il prato fiorito del giardino mediceo. Nessuna delle dee che le stanno intorno sorride così, vera!, nessuna di loro respira per davvero, nessuna sorride con tanta francescana modestia. Di nessuna i capelli sono così gloriosamente biondi!–

A quelle parole il papa, con il volto ancora inumidito di lacrime, si volse. Aveva vergogna di mostrarsi in quello stato, ma era tempo di cercare l'origine di quella voce.

Chi poteva, dopo averlo fino ad ora accusato con crudeltà, usare tale ineffabile dolcezza verso sua madre e darle nuova e giusta collocazione non nel quadro che stava a Castello, ma nel mondo terreno? Chi poteva dare nuova, non dolente e nemmeno divina ma umanissima vita a Fioretta Gorini?

Clemente spalancò gli occhi incredulo e non seppe dire altro che – Voi! –

Il confronto

Un raggio di luce tagliente era entrato da una delle strette finestre della sala e aveva illuminato con crudezza il volto di quell'ospite inaspettato. E lui s'era appena schermato gli occhi con una mano, tozza e gonfia.

Clemente, superata la prima sorpresa, fissò silenziosamente e da lontano quel volto, incerto sul da farsi.

In altre condizioni si sarebbe ovviamente chiesto se fuori dalla porta fossero tutti morti o se si lasciasse impunemente entrare chiunque nelle stanze private del papa. Stavolta però non gli importava davvero!

La scena era comunque irreale e chiunque si sarebbe scandalizzato al fatto che il papa fosse in piedi mentre l'ospite, nemmeno annunciato ed entrato proditoriamente, questo ormai era ovvio, nella sua stanza, rimanesse ostinatamente seduto, col volto aggrondato. Chi poteva osare tanto? In quale inaudita confidenza era quell'uomo con Sua Santità?

Ad un tratto il papa, in modo del tutto inaspettato sorrise e puntando scherzosamente con l'indice l'ospite – Voi! avevate giurato, se non sbaglio, che non sareste mai più tornato a Roma! – Non mi pare che siamo a Roma – disse l'uomo seduto con odiosa puntigliosità e con un ampio gesto della mano quasi a mostrare al papa dove in effetti si trovassero. Non deponeva le ostilità a quanto pare.

– Sapete benissimo che cosa voglio dire – disse il papa deluso e a sua volta stizzito avvicinandoglisi piano – voi siete fuggito da me e da ciò che io rappresento. E ora tornate, ovunque io sia, da me e da me solo.–

– Avevo le mie buone ragioni per fuggire, non credete? – disse l'uomo con un ruggito.

– Ne siete dunque ancora persuaso? Nessun pentimento?– chiese il papa offeso.

– Pentito io e non voi? Avete mai fatto nulla per farmi credere il contrario, Santità? –

– Voi non avete mai avuto migliore amico di me e un giorno, forse tardi, lo capirete – disse il papa di malumore.

– Dio ci scampi da tali amici!– gridò l'uomo trattenendo una risata ironica. – La mia memoria, Santità, ricorda altri nomi annoverati fra i più cari amici. E il vostro nome, sia esso Giulio o Clemente non è fra quelli. –

– Adesso basta, state zitto, insolente! Ho pazientato alle vostre arguzie nei giorni lieti! – gridò arrabbiato – Io vi sono sempre stato amico e voi mi avete oltraggiato oltre ogni misura approfittando della mia benevolenza e del mio affetto per voi!, Vi ho difeso anche quando l'evidenza gridava la vostra sfacciata colpevolezza!–

– Allora fu la vostra benevolenza, e non forse il pugnale di Achille della Volta a ridurmi in fin di vita! O almeno, diciamo che mi sarei aspettato che la vostra benevolenza punisse l'assassino, ma purtroppo invano. Quell'uomo, mi pare abbia perfino fatto carriera!–

Il papa si portò le mani al volto e si pentì di quello scatto d'ira. Era stanco e non avrebbe voluto parlare in quei termini con il suo vecchio amico. Cercò di cambiare i toni.

– Poco fa ero felice di vedervi Pietro, sinceramente felice. In questi ultimi anni la vostra amicizia, la vostra vicinanza mi sono molto mancate. Dio solo sa quante volte avrei voluto avervi ancora al mio fianco, anche nei giorni intollerabili del Sacco di Roma e della prigionia in Castel Sant'Angelo...ora voi ritornate, io vorrei abbracciarvi e invece desiderate solo accusarmi... ed essermi nemico... anche le guerre finiscono, Pietro Aretino...fortunatamente per me e per Roma questo l'ho imparato – disse il papa sconsolato voltandosi ancora verso la finestra.

Prima di voltarsi però aveva visto negli occhi del suo interlocutore il lampo della risposta che era pronta ad uscire ma non uscì, per il momento. Intuì tuttavia che Pietro avrebbe voluto dire: infatti, dal disastro in cui avete fatto precipitare Roma e la cristianità mi sembra che vi siate ripreso egregiamente. Dal Sacco in poi avete dispiegato un'azione diplomatica che vi ha portato ad essere più potente di quanto non foste nel 1526.

Ma se Pietro Aretino pensò quelle cose tuttavia non le disse e rimase ancora ostinatamente seduto in silenzio. Sembrava che con quell'atteggiamento consapevolmente oltraggioso volesse mostrare il proprio rancore al papa. Ma, a ben guardare, forse erano anche la sua stazza, le gambe gonfie, i piedi strizzati nelle scarpe strette ad impedirgli si alzarsi.

– Siete invecchiato, Pietro – disse il papa a sorpresa senza voltarsi – ora siete veramente il vecchio diavolo che per tutta la vita avete cercato di essere. Sembrate appena uscito dalle fiamme dell'inferno!–

In effetti la folta chioma leonina, la fronte scavata da rughe profonde, gli occhi neri lampeggianti, la lunga barba grigia e malcurata e il collo incassato nelle spalle, lo stomaco prominente del mangiatore e bevitore impenitente e la corporatura massiccia conferivano alla figura un'aria mefistofelica.

– Ma non mi avete ancora detto perché dopo tanto tempo siete tornato da me....volete chiudere i conti con me?– chiese il papa con calma.

Pietro Aretino non rispose subito, preferì soppesare le parole. Ma la sua voce uscì obliqua e morbida ad un tempo – Preferisco dire che sono venuto per starvi vicino...almeno ora... meglio, almeno qui...–

Un brivido corse lungo la schiena del papa. Sentì in quelle parole un sibilo fatale. Una sorta di presagio. Provò un profondo fastidio.

– Qui, ora? – chiese Clemente spaventato allontanandosi da Pietro.

– Avete sentito bene, ho detto qui. C'è una ragione molto particolare per cui ci troviamo qui a San Miniato, non è vero Santità? –

Il papa sospettò che Pietro gli leggesse nei pensieri ed ebbe paura. – Sei un diavolo dell'inferno? – avrebbe voluto chiedergli e invece disse solo – È solo una tappa, una sosta del viaggio verso la Francia. Accompagno Caterina...–

Pietro non gli lasciò neppure terminare la frase e scoppiò in una indecente risata – Continuate pure a mentire! –

Pietro Aretino a Roma

Li avevano divisi un grave fatto di sangue e due scandali licenziosi il cui racconto, trapelato come un mormorio e cresciuto come un'onda nelle lettere degli ambasciatori residenti a Roma, aveva divertito le corti di tutta Europa.

La loro amicizia era cominciata tuttavia più di vent'anni prima quando l'Aretino era un oscuro giovane letterato in cerca di fortuna, mantenuto alla splendida corte del banchiere Agostino Chigi. Il trentaquattrenne cardinale Giulio de' Medici aveva stretto subito amicizia con quel giovane ambizioso e sanguigno. I loro caratteri non avrebbero potuto essere più lontani. Quanto uno era chiuso, riservato al limite della freddezza, tanto l'altro era sfacciatamente estroverso fino alla volgarità. Ma di Pietro il cardinale aveva apprezzato subito la brillante conversazione, la battuta pronta, l'intelligenza acuta. Pietro insomma sarebbe diventato un ottimo cortigiano.

E quando, nel 1521, alla morte di papa Leone X s'era trattato di difendere il cardinale Giulio in un conclave che si apriva in una Roma ostile al papa defunto, ai suoi parenti e ai trentanove cardinali che si stavano per riunire, Pietro Aretino si era lanciato nella mischia come solo lui avrebbe potuto fare componendo infamie, in versi ma pur sempre volgari infamie. Il conclave da cui poi uscì papa Adriano VI Florentz non fu che il primo banco di prova della maldicenza che in seguito seppe usare a proprio favore nei confronti di tutti i sovrani d'Europa. Nessun argomento passibile di satira verso gli altri contendenti venne risparmiato, anche se invano.

La consuetudine infatti di apporre, non solo nel giorno di San Marco, ma quando si presentasse l'occasione, composizioni mordaci e satiriche al busto monco di una statua chiamata Pasquino posta all'angolo del palazzo di Oliviero Caràfa ebbe, nel periodo del conclave, una rinnovata e smisurata impennata. Mentre in via dei Banchi si accettavano scommesse sui papabili (e sul cardinal de' Medici si giocavano 30 ducati contro 100 in caso di elezione), la povera memoria del papa defunto e la dubbia morale degli altri trentotto cardinali fu ingiuriata in ogni modo e senza pietà. Sui conclavisti furono composti spietati versi di dileggio. Il segretario di Pasquino, colui cioè che, durante quel periodo, orchestrava, in apparente anonimato, quella anomala produzione letteraria, altri non era che Pietro Aretino. Finì il conclave e la fama severa del nuovo papa eletto convinse Pietro a lasciare Roma per un po' di tempo. Una lettera di calda raccomandazione del suo patrono de' Medici lo fece ben accogliere dal Marchese di Mantova.

Papa Adriano VI comunque morì appena un anno e mezzo dopo aver ottenuto la tiara, che si dimostrò essere, almeno per lui, decisamente troppo pesante.

Nonostante il conclave che ebbe inizio fosse per Giulio forse ancora più complicato del precedente, egli ne uscì come Clemente VII senza il sostegno esterno del suo feroce Pasquino intrappolato a Milano tenuta sotto assedio. Quando dunque Pietro poté finalmente ritornare a Roma per omaggiare il suo vecchio amico divenuto papa, trovò una città ed un uomo profondamente cambiati.

Clemente VII era sinceramente impegnato in una profonda riforma dei costumi del clero. Oltretutto, il più influente fra i consiglieri del papa, il datario Gianmatteo Giberti, non sembrava disposto a manifestare la stessa tolleranza divertita che era stata un giorno del cardinal de' Medici verso le sboccate intemperanze di Pietro.

E fu allora che ci fu il primo scandalo. Accadde nella prima estate di Clemente VII papa, e fu lo scandalo delle stampe di Marcantonio Raimondi. Uno scandalo che cambiò la vita di molte persone e incrinò per sempre i rapporti di Pietro col potente datario e con il papa stesso.

I fatti andarono più o meno così: in un momento di collera con il pontefice che tardava a pagarlo, il pittore Giulio Romano, allievo di Raffaello e amico di Pietro, tratteggiò sulle pareti della stanza degli appartamenti papali che stava decorando alcuni disegni esplicitamente erotici che poi cancellò ma che riportò sulla carta. I sedici disegni da lui realizzati furono passati al grande Marcantonio Raimondi che, entusiasta, li incise su lastre di rame e ne affidò la diffusione a un tal Baviera Carocci di Parma. I due artisti dovettero divertirsi come i pazzi nella realizzazione di quell'impresa. I Modi di fare l'amore, così fu chiamata quella raccolta che andò, neanche a dirlo, immediatamente a ruba, erano la fantastica rappresentazione di impraticabili, bestiali accoppiamenti fra divinità pagane, eroi e creature agresti. L'uscita e la diffusione nello stato della Chiesa di quelle incisioni rappresentava uno scandalo troppo grave da tollerare nei primi mesi del suo pontificato. L'ira e soprattutto la delusione di Clemente VII per gli artisti che aveva fino ad ora protetto fu cocente. Il nome del papa, notoriamente amico degli artisti implicati, non poteva proprio essere accostato a quell'operazione.

Un tempo, da cardinale, ci avrebbe forse riso sopra, anzi, da buon conoscitore e collezionista di disegni e stampe avrebbe acquistato una delle prime copie della tiratura e se li sarebbe pure immaginati, Giulio Romano e Marcantonio Raimondi, trascinarsi ubriachi tra taverne e bordelli a chiedere alle prostitute di posare in compagnia dei loro atletici clienti. Li avrebbe pensati così i due artisti, con una punta d'invidia. I disegni, le incisioni erano bellissimi e conservavano la brutale, terrestre forza di Giulio Romano. Ma tutto quel sesso no, non era mai stato affar suo.

– Fu sana invidia, Santità?, dite la verità, perché reagiste così? – chiese Pietro.

– Come vi permettete...tacete, è meglio. – sibilò il papa.

– O meglio nemmeno pensare? Volete dire questo? Un figlio l'avete pure avuto...–

– State zitto ho detto. –

– Siete voi, Santità, che correte coi pensieri, io a quei pensieri presto solo la voce, o mi sbaglio? Lasciate ogni ipocrisia, Santità, Alessandro è il vostro illegittimo anche se voi Medici vi dannate per convincere il mondo che è figlio di vostro nipote Lorenzo giovane... somiglia tutto a voi il bell'Alessandro...solo le labbra carnose e il colore scuro della pelle...non è dei Medici, lo chiamano il Moro, lo sapete vero Santità? Voi dovete sapere, voi sapete tutto...–

– Lo so, lo so... – disse stancamente il papa.

Non volle parlare della paternità di Alessandro e non parlò stavolta. Voleva tacere soprattutto di quella donna, la madre di Alessandro, l'unica donna di un'unica notte di gioventù prima di prendere i sacri ordini. Quindi nemmeno un peccato....e per quanto cercasse di trattenere i pensieri come tirando le briglie essi correvano tortuosi e imprevedibili. Tornarono a lei che era stata una serva dalla pelle ambrata e di antiche ascendenze moresche, una certa Simonetta che un tempo era stata a servizio nella casa romana di sua cognata Alfonsina Orsini. Che cosa è mai la passione?....che cosa il desiderio?.... Non sapeva certo dirlo...

Il figlio comunque era stato concepito quella notte ed era nato e somigliava a lui, ma quello che era accaduto con Simonetta era stato in fondo solo una prova di umanità concessa o imposta a se stesso o l'unica algida tentazione di una fredda notte d'inverno forse insensata e sicuramente senz'amore.

Simonetta, era stata bella? (non se lo ricordava nemmeno).... lei, Simonetta, comunque, con le sue labbra carnose era trascolorata, svanendo come la luna, la mattina successiva senza risorgere mai più. Era uscita dal suo letto e dalla sua vita per non comparirvi mai più. L'impulso sfogato quella notte, se mai c'era stato!, non s'era mai più risvegliato. Ne era certo. Era stata la stessa cosa per suo cugino papa Leone X e per gli altri suoi cugini Medici, fatta forse eccezione per Piero. La debordante, felice virilità del Magnifico Lorenzo e di suo padre Giuliano che fuggiva in casa Sangallo con Fioretta, s'era spenta con loro e non era passata alla generazione successiva. Fu certo di non aver parlato con nessuno di Simonetta e di quell'unica notte insensata ma guardando Pietro in viso capì di essersi tradito proprio col pensiero. O forse la storia era conosciuta e lui aveva cercato in ogni modo di farsela raccontare?

Ebbe l'impressione di essere diventato una specie di teca di vetro, un reliquiario, un libro aperto, ed ebbe paura. Cos'altro sarebbe uscito? O cosa avrebbe rivelato? Se avesse continuato a pensarci sarebbe impazzito. Tornò col pensiero ai due artisti .... E vide che Pietro Aretino lo seguiva... *e allora seguimi, demonio... seguimi fino alla fine...*

Sì, doveva ammetterlo, tempo prima avrebbe anche invidiato la libertà dei due artisti che senza rimpianti avevano battuto Roma in una notte calda e senza luna alla ricerca di prostitute. Ma ora che era papa no, quell'affronto non poteva tollerarlo. Lasciò che altri si occupassero di risolvere la cosa. Giulio Romano, forse tempestivamente avvertito, fuggì da Roma e riparò a Mantova dove il marchese Federico Gonzaga da tempo lo aveva invitato a raggiungerlo. Il Raimondi, rimasto il solo capro espiatorio della vicenda, fu gettato in prigione. Pietro Aretino, amico sia degli artisti che del papa, si improvvisò mediatore e combatté come un leone perché Marcantonio fosse scarcerato. Nonostante il datario fosse assolutamente contrario, il papa dopo molte esitazioni, volle almeno ascoltare Pietro, nonostante prevedesse la volgarità delle obiezioni che avrebbe sollevato per difendere l'incisore. Non gli sarebbe bastata la ragione dell'arte, no, sarebbe andato pericolosamente oltre e avrebbe abusato della sua leggendaria clemenza e dell'amicizia malamente interpretata. Il papa sapeva che avrebbe pure cercato una giustificazione umana alla volgarità di quelle immagini. E che in fondo proprio per quell'amicizia lui, il papa, lo avrebbe aiutato.

Marcantonio Raimondi fu liberato.

Fissò Pietro duramente –Il datario Giberti, uomo vendicativo, ingoiò l'umiliazione, ma attese che voi faceste il primo passo falso. Era questione di poco tempo, lo sapeva. Il vostro destino dunque, era segnato. E voi, inebriato da un letale miscuglio di ingenuità e vanagloria, spingeste troppo oltre sia l'audacia che la perfidia della vostra penna impenitente. Il primo errore fu quel sonetto contro l'imperatore Carlo V che non vi fu mai più perdonato. Il secondo fu la composizione di quella commedia che metteva in scena un quadro davvero desolante della corte papale. Un invito a nozze per coloro che denunciavano i costumi della Curia. Convinto di offendere l'austero datario, Pietro, non vi rendeste nemmeno conto di ledere in verità solo me. – disse il papa. O lo pensò solamente? – Giberti non vi perdonò, io ancora sì.

Il giorno di san Marco, sulle pasquinate da voi orchestrate calò la più pesante delle censure ordinata evidentemente dal datario. E voi, non pago del primo scandalo che aveva rinchiuso Raimondi in carcere, riprendeste idealmente i Modi per farne un'amichevole sfida poetica. Rappresentare a parole ciò che Giulio Romano e Raimondi avevano osato delineare con penna e bulino. I sonetti lussuriosi che ne nacquero, composti da un cortigiano del papa! oltrepassavano in fantasia le promesse contenute anche solo nel titolo e avrebbero fatto arrossire la più navigata delle cortigiane. – Non potevo tollerare quell'ultimo affronto. Stavo solo pensando a come farvi allontanare da Roma in modo sicuro quando seppi che voi stesso avevate deciso di partire. –

– Difficile da credere...perché in una calda sera di fine luglio, mentre mi apprestavo a lasciare Roma per Arezzo, fui aggredito da un uomo armato che mi lasciò a terra fra la vita e la morte.! – gridò Pietro alzandosi a fatica.

– So che foste immediatamente soccorso e curato e dopo pochi giorni notizie sufficientemente speranzose sulla vostra ripresa furono inviate nelle varie corti dove eravate stato apprezzato cortigiano arguto e uomo di lettere, Io in verità fui il primo a gioire. – disse il papa agitato. – E fu forse persino troppo facile per tutti, voi per primo, pensare che il mandante del tentato omicidio fosse il Giberti che tuttavia, tuttora non smette di professare la propria innocenza ed estraneità al fatto. –

– L'assassino, Achille Della Volta, fu comunque trovato! – disse Pietro perentorio.

– Chi lo trovò? – chiese il papa con freddezza.

– Alcuni amici portarono un testimone. –

– Purtroppo il vostro testimone, temo, fu ingannato dall'oscurità…– disse il papa.

– Il testimone si disse certo che l'assassino era Dalla Volta.–

– Che era un uomo purtroppo vicino al datario – concluse il papa.

– Un uomo che aveva avuto persino l'ardire di farmi visita durante la convalescenza. Egli non fu però affidato alla giustizia, anzi, rimase al servizio del datario e ricevette promozioni fino a diventare, tempo dopo, perfino ambasciatore. La delusione e l'amarezza per la vostra passività mi lasciarono atterrito, Santità.. Voi avete deliberatamente sacrificato la giustizia e l'amicizia alla ragione di stato.! – disse Aretino guardando il papa con disprezzo

– Il colpevole non fu mai trovato vi dico, sennò lo avrei io stesso chiuso in carcere a vita. – chiuse il papa.

– Non appena fui in grado di salire a cavallo comunque lasciai per sempre Roma. –

– E giuraste di non farvi più ritorno…però ora siete qui da me. – concluse Clemente con un sospiro.

Dei ritratti

– Anche voi siete invecchiato, Santità, malamente invecchiato. Quando lasciai Roma eravate nella gloria della vostra bellezza. – disse aspro l'Aretino con il preciso intento di ferire il papa – . Vi siete sempre portato appresso una bellezza maestosa e grave come una condanna.

Il papa al sentire quelle parole fece un gesto infastidito con la mano; aveva sempre detestato sentir parlare della propria bellezza. E lo guardò come a dire: lo vedete allora che molte cose sono avvenute non a mio vantaggio ma a mie spese?

– Nessun Medici prima di voi è stato tanto bello. Nemmeno i duchi, più giovani, vostro cugino Giuliano o Lorenzo giovane, il duca di Urbino. –

Il papa, forzatamente lontano da Firenze non avrebbe purtroppo mai potuto tremare dinanzi alla bellezza delle loro effigi. Michelangelo aveva trasfigurato i tratti dei duchi nelle loro sepolture in San Lorenzo. Aveva reso divinità due giovani anonimi. Se la gloria per loro non era stata certa in vita (per quanto fosse doloroso ammetterlo), lo fosse almeno in morte.

– Solo Giovanni, il mio grande e indimenticato amico – continuò Pietro mentre la voce gli si incrinò appena – solo vostro cugino Giovanni, il Gran Diavolo delle Bande Nere, fu ugualmente bello. Ma di una bellezza selvaggia e viva, buia, un ruggito che bruciava la contemplazione nel momento stesso in cui essa nasceva. E il destino – continuò Pietro – ha voluto che tanto fuoco si spegnesse subito, troppo presto,… sulle rive del Mincio. Come se ci fosse piovuto sopra tutto il diluvio universale… – poi alzando le spalle quasi a negare l'evidente commozione a ripensare al suo grande amico scomparso… – Ma, alle vostre spalle Santità c'è la bellezza di vostro padre Giuliano, una bellezza che se n'è andata in un soffio e che la morte violenta ha unito a sé sotto il segno della certezza e dell'ineluttabilità. Il Magnifico Giuliano è stato bello anche perché è morto troppo giovane, a venticinque anni.–

Il papa taceva, concentrato, non rispose alla sgradevolezza di quell'ultima affermazione.

– Il Botticelli lo ritrasse in una leggendaria effige, si dice che quel ritratto sia meraviglioso – continuò l'Aretino. (fig. 3)

–Non ho mai amato quel ritratto di mio padre, per quanto tutti lo magnificassero e dicessero che io vi assomigliassi moltissimo. La prova che il Magnifico Giuliano fosse mio padre insomma. Quel quadro fu fatto dopo la morte di mio padre. Botticelli usò la sua maschera funebre. Il ritratto lo teneva mio zio nel suo studio – disse il papa con dolcezza mimandone con le mani la posizione – in modo provvisorio, su una sorta di cavalletto, nella stanza in cui, sul suo grande tavolo ornato da un meraviglioso calamaio di osso, sbrigava gli affari, leggeva, studiava, riceveva amici e collaboratori e dettava la corrispondenza. E quando l'amarezza gli premeva sul cuore me lo mostrava, sebbene io non ne sentissi la necessità. Quando lo faceva mi mostrava anche la cicatrice che gli era rimasta sul collo, unico ricordo, insieme al lutto, del giorno in cui aveva perso il fratello. In quella tavola eseguita dopo la morte, mio padre è raffigurato di tre quarti, con gli occhi bassi, quasi chiusi, il naso forse troppo lungo, i capelli troppo scuri e senza splendore, la bocca piegata in una smorfia troppo ferma. Fermo. Chiaramente il ritratto di un uomo che non ha più carne irrorata di sangue e alito di vita. Accanto a lui, una tortora con un ramo secco sotto le zampe; alle sue spalle una porta aperta sul cielo in cui s'era involato o socchiusa su un paesaggio che gli sarebbe stato precluso per sempre. Inutili ricordi di morte per un orfano.

Mio zio voleva che alla sua morte il quadro fosse mio. Ho obbedito in tutto. Ho fatto tutto quanto lui volesse da me, ma quello no.– disse con tristezza –Ho preferito che mio cugino Piero lo tenesse là dove era sempre stato: nella casa di via Larga. La casa. La sola ed unica. –

Tacque un istante poi fissando il suo interlocutore disse – C'è invece un altro ritratto di mio padre che ho sempre amato. (fig.2) L'ho veduto moltissime volte nella cappella del Lami in Santa Maria Novella. Dinanzi a quel dipinto, mentre mi morivano in bocca le preghiere, amavo contemplare le fattezze del padre che ho mai conosciuto nella gloria della famiglia. In quel quadro infatti, un'Adorazione dei Re Magi, sfilavano davanti al Salvatore quasi tutti i Medici. Il bisnonno Cosimo e i suoi due figli Piero e Giovanni vogliono essere i Magi.

Lorenzo è appena defilato, in piedi, sulla destra, la bocca serrata e dritta, perso nelle sue meditazioni. Mi padre invece è all'estrema sinistra, fuori dal primo cerchio familiare. È in piedi.

Indossa un'elegantissima casacca rossa, azzurra e oro, la calzamaglia bianca, gli stivali di pelle morbida e chiarissima. Alle sue spalle Angelo Poliziano lo abbraccia affettuosamente. Ma anche l'assassino Francesco de' Pazzi deve averlo abbracciato lungo la strada per raggiungere la cattedrale il giorno della congiura. Ma lo aveva fatto per sentire se indossava una cotta di ferro. E lui non la indossava...E proprio lì Francesco avrebbe poco dopo spinto il suo pugnale. In quel tempo, al tempo di quel quadro fu deciso il suo fidanzamento con Semiramide Appiani. Dissero che Giuliano avesse accolto la notizia con esultanza. Eppure, guardando bene il suo viso nel dipinto del Botticelli per il Lami, l'espressione malinconica di Giuliano tradisce ancora incertezza sulla propria sorte. Mio zio diceva che suo fratello era stato un giovane malinconico, coltissimo e di lieve burrasca che quella sventurata domenica di aprile del 1478, nel duomo, pregava in ginocchio al posto e al momento sbagliato, troppo vicino al primo pugnale sguainato.

E nel quadro lui è appoggiato con morbida tensione ad una spada, ricordo della sola gloria concessa e rifulsa nella sua breve giovinezza: la recente vittoria alla giostra del 1475. Quella che mi aveva raccontato mia madre... Così, dinanzi al Bambino, mentre i suoi familiari offrono i doni e i più alti pensieri dedicati forse a Firenze e alla pace d'Italia, Giuliano porta tutta la gloria dei suoi venticinque anni, porta la Giovinezza stessa. Tempo dopo, forse, di quella spada affilata, si sarebbe potuto anche dire che fosse, senza timore d'errore, tremenda premonizione di morte. – Disse il papa appoggiandosi una mano al petto e avvertendo il peso di quei ricordi.

– Vi ricordo comunque ancora come vi dipinse il nostro comune amico Sebastiano Veneto – disse Pietro con un gesto della mano quasi a cambiare argomento – voi!, eravate ancora giovane, sbarbato, magnifico, quasi scolpito nella pietra. (fig.4) Solo Michelangelo col suo scalpello avrebbe potuto fare altrettanto! Un miracolo. Pochi i colori e severi, sobri, per delineare un dio.

I panneggi vi facevano un gigante. L'espressione però, a ben guardare, era velata di una malinconia densa, profonda e allo stesso tempo irraggiungibile. La fronte appena corrugata. Forzatamente fermo a disposizione dell'amico pittore, ma pronto ad alzarvi con fulmineo scatto, eravate a malapena contenuto nel dipinto. Chiunque avrebbe detto un tempo che eravate un dio ma no, ... in verità siete ed eravate anche allora l'uomo dei dolori, che solo Sebastiano Veneto e non lo sfolgorante Raffaello poteva ritrarre in modo così esemplare. Inquietudine con inquietudine.

Anzi!, quando Raffaello vi ritrasse vi fece un viso fermo, stanco ed inespressivo. La vostra bellezza nel suo ritratto è indubbia e degnamente resa. Eppure è altrettanto chiaro che voi, artista e soggetto, non vi siete affatto capiti. Siete rimasto impenetrabile difronte a Raffaello ma da parte sua l'Urbinate non ha nemmeno provato a intuire qualcosa di voi. –

Il papa taceva. Sembrava indifferente, quasi che si parlasse di sconosciuti o di tempi troppo remoti e dimenticati.

Era stata in verità tutta un'altra vita.

– Mi onora che ricordiate con tanta precisione quel ritratto... – disse una seconda voce dolente che fece subito voltare verso di sé sia il papa che Pietro Aretino.

– Sebastiano! – esclamò il papa evidentemente felice di vedere l'amico. – Anche voi qui! Ma avevate deciso di non accompagnarmi in Francia! E il dipinto che dovevate finire? –

L'inchino di Sebastiano disse in verità più di mille parole – rimandare tutto, rimanere al vostro fianco, fedele, a condividere le glorie ma soprattutto le sconfitte, come un vero amico. –

Sebastiano infatti c'era stato anche nei mesi allucinanti della prigionia in Castel Sant'Angelo. Lo aveva seguito nella fortezza quel 6 di maggio del 1527 che era rimasto stampato a fuoco nella sua memoria. Aveva un giorno scritto a Michelangelo:

ora che siamo passati attraverso mille sciagure e abbiamo provato dolori che mai avremmo pensato di provare, ringraziamo Dio di ogni cosa e quel poco di vita che ci rimane cerchiamo di passarla nella quiete!. Io mi sono ridotto ad un punto tale che il mondo potrebbe rovinare davanti ai miei occhi e non me ne curerei; cerco di godere di quel poco che mi capita. A distanza di quattro anni stento ancora a riconoscere in me quel Bastiano che ero prima del Sacco. La testa non è più quella che avete conosciuto voi..

Il Sacco di Roma dunque aveva cambiato tutti e Sebastiano per sempre. Era diventato un uomo depresso e amareggiato. Senza voglia di lavorare, persino la sua tavolozza si era scurita e addensata, ma sarebbe rimasto sempre col papa e Clemente aveva premiato tanta fedeltà col titolo di piombatore che gli avrebbe garantito un vitalizio.

Pietro invece non sembrava stranamente altrettanto lieto di vedere l'amico di giovinezza. Eppure si erano lasciati in buoni rapporti, dieci anni prima, ai tempi del memorabile ritratto fatto sempre da Sebastiano all'Aretino.

Dopo la morte di Raffaello ormai, Sebastiano era senza ombra di dubbio il migliore ritrattista di Roma. E nel ritratto dell'amico aveva dato prova di una perizia davvero straordinaria usando vari gradi di nero declinato nei rasi, damaschi e panni delle sontuose vesti, nei riflessi della barba sfilata. Accanto a lui due maschere a rappresentare il vizio e la virtù e in fondo a raccontare quella colossale messa in scena che era stata fino ad allora la sua vita. L'ombroso soggetto, lo sguardo quasi sfrontato e mefistofelico nella sua vivezza, teneva in mano un ramo del lauro mediceo e una carta col nome del papa. I tre erano legati per l'eternità.

– Sono tutti morti – disse il papa all'improvviso, attingendo ad altri pensieri – Morti gli zii e le zie, i cugini Piero e Giuliano, il duca di Nemours. Morto anche il secondo giovane Lorenzo, il duca d'Urbino, il figlio di Piero. Morta l'amatissima cugina Maddalena, morto il cardinale cugino Luigi de' Rossi, morto soprattutto il papa Leone. Tutti. –

– E voi? – chiese provocatorio l'Aretino, seguendo quel discorso.

– Sopravvivo al naufragio di tre generazioni e a quello di Roma, dell'Italia e della cristianità.– rispose Clemente con altrettanta provocazione.

L'Aretino non volle privarsi del piacere di affondare la lama. – Potete pur dirlo. Voi galleggiate fra i resti del disastro e la vostra bellezza o quel che di essa rimane è tragica, come un broccato sontuoso fradicio d'acqua che stenta ad affondare in un pozzo, come un sole sfolgorante e triste che non si decide ad annegare nel mare. –

Sebastiano Veneto

Sebastiano Luciani era giunto molti anni prima a Roma dai languori già esausti di Venezia. Lo aveva condotto a Roma il banchiere del papa, Agostino Chigi, che in laguna andava a caccia di amanti e di artisti da condurre alla sua villa suburbana di Roma. Chigi era rimasto colpito dalle opere di Sebastiano che aveva potuto ammirare a Venezia. Sebastiano gli era stato presentato come un ottimo suonatore di liuto, come buon pittore (allievo di Giovanni Bellini e di Giorgio di Castelfranco!) e come un'impareggiabile compagnia per i lunghi banchetti. Chigi lo aveva convinto a partire promettendogli un lavoro nella sua villa. Sebastiano dovette aver ascoltato quella proposta col suo viso enigmatico dagli occhi lunghi e sempre dolcemente meravigliati, la bocca appena corrucciata tra i baffi sottili e una rada barba bionda. Avrebbe lavorato accanto a Raffaello, l'Urbinate. Alla fine era partito nella calda estate del 1511 con i suoi pennelli, i suoi attrezzi e il celebre liuto. Nella villa suburbana di Chigi dove era nata anche l'amicizia col giovane Pietro Aretino che al seguito del banchiere faceva il suo ingresso nel gran mondo e imparava a trattare con i potenti, Sebastiano aveva poi miseramente fallito il suo primo incarico: le lunette affrescate coi miti di Ovidio legati all'aria e al cielo avevano lasciato insoddisfatti sia l'artista che il committente. Le storie dipinte avrebbero dovuto essere leggere come l'aria e le nuvole. Finirono pesanti come macigni.

Nel sangue di Sebastiano correva infatti tutta la sontuosità morbida, carnale e libera della laguna, il calore bruciante dei rossi che trascolorano nei bruni, la sensualità impagabile delle famose cortigiane di Venezia. A Venezia non c'era l'aria smaltata di Roma e Firenze. C'erano solo fuoco e acqua per spegnerlo quando ardeva troppo.

L'altro suo affresco per Chigi, il ciclope Polifemo che guarda con infinita nostalgia il mare col fedele cane ai piedi e la zampogna sotto il braccio era meraviglioso ma straziante, voluto e dipinto espressamente per far volgere lo sguardo degli ammirati spettatori verso un'altra meraviglia, la Galatea di Raffaello, la ninfa che aveva abbandonato il ciclope e ora, felice e libera, solcava le onde in cui l'aveva immersa Raffaello circondata da un gioioso corteggio di creature acquatiche. Il Polifemo di Sebastiano era lì a contemplare la grazia di Galatea. Quasi che Sebastiano avesse fatto da servo al rivale.

A quel tempo a Roma il veneziano aveva conosciuto anche Michelangelo quando questi era appena disceso, titano stravolto e storpio, quasi cieco, ebbro e già visceralmente scontento di sé, dai ponteggi sul quale lo aveva issato Giulio II per affrescare la volta della cappella di Sisto IV. Sarà stato perché la frequentazione con Michelangelo era stata rada, quanto invece costante era stato il rapporto epistolare; sarà stato forse per il suo carattere tutto sommato semplice e gioviale, ma fin dagli albori di quella anomala ma sincera amicizia, nata sotto il miracolo della volta della cappella Sistina, Sebastiano aveva accettato serenamente la propria inferiorità rispetto a Michelangelo, senza ipocrisia né rabbia o invidia, ma come un dogma. Come il sole si leva e tramonta ogni giorno da quando c'è il mondo, Michelangelo tra loro due era il dio magnifico e ruvido che spesso e anche volentieri dispensava consigli, aiuti e suggerimenti a Sebastiano.

Michelangelo da lui non si sentiva giudicato, invidiato, odiato ma accettato così come era, nella terribilità malata del suo genio e del suo carattere, sopportato come un vecchio marito alla fine di un lungo matrimonio.

In tre

– Avete forse immaginato che il vostro papa avesse bisogno di voi, Sebastiano, e voi come un cane fedele siete accorso in suo aiuto. È forse il magico intuito ... degli artisti.... Di cui io, a quanto pare, sono del tutto privo. Ma state tranquillo, Sua Santità è più che capace di difendersi. Pare che nella sua vita abbia superato ben altre prove. Siete entrato furtivamente, amico mio, non vi abbiamo sentito. È la confidenza o avete eluso là fuori ogni controllo? – disse scoppiando a ridere provocatoriamente.

Il pittore non rispose.

– Avete in odio Sebastiano solo perché è tuttora mio amico? Ma voi, Pietro, non siete forse entrato in questa stanza nello stesso modo? – chiese Clemente.

Pietro allargò le braccia e non sembrò nemmeno ascoltare le parole appena pronunciate dal pontefice. Si rivolse a Sebastiano. – Accorrete, scodinzolate pure, vecchio mio. Quando non gli servirete più, vi abbandonerà come un vecchio abito, vi getterà senza scrupoli, è solo questione di tempo. Arriverete pure a chiedervi se essergli stato così fedele in tutti questi anni sia valso a qualcosa. Mi sembra che già il vostro bel ritratto, quello di cui si discorreva poco fa, non lo abbia nemmeno conservato ma lo abbia regalato...a... a chi lo avete donato Santità? Al vostro mediatore presso l'imperatore mi pare... –

Il papa con un gesto del capo intimò a Sebastiano di non rispondere a quella provocazione.

Pietro continuò fissando alternativamente il papa e Sebastiano – Ha sempre usato chiunque servisse ai suoi scopi. Vedete, Sebastiano, Sua Santità nella sua vita non ha mai amato nessuno. Nemmeno sua ... –

Il papa capì e gli si avvicinò fulmineo, minaccioso e gli afferrò il collo della camicia stringendolo forte – Non vi permettete, mai più! Non osate fare quel nome. Non ne siete degno. –

Pietro che non si sarebbe mai aspettato una reazione del genere dal papa ebbe paura. Capì di essersi spinto troppo oltre e con la mano alzata, ma senza proferire parola, chiese perdono. Si riassettò la camicia.

Seguì un lungo silenzio. Poi Pietro riprese la parola, con lo stesso astio sempre rivolto al papa – Ma, a ben guardare, esiste un membro della vostra famiglia che voi abbiate amato difeso e protetto? –

Il papa non era intenzionato a rispondere.

– Semmai, Pietro, si può dire il contrario – intervenne calmo Sebastiano. – Sua Santità piuttosto ha pensato costantemente alla sua famiglia.

– Ossessivamente forse? – chiese malizioso Pietro.

– Ai Medici devo tutto – disse il papa indicando senza pensare, la propria persona.

– Ai Medici? – chiese ancora Pietro – non siete forse uno di loro?

– Come osate? Certo, lo sono!"

– Santità... – disse Sebastiano. – Vuole solo provocare una vostra reazione. Vi siete speso in modo infaticabile per i vostri parenti, nessuno escluso, nemmeno quando essi non lo meritavano...Non ricordate nulla Pietro? Il vostro amico Giovannino de' Medici non vi ha mai raccontato nulla delle molte volte che sua Santità è venuto in suo aiuto ripianando i debiti e salvandogli anche la vita? –

– Ero con Giovannino – disse Pietro facendosi improvvisamente scuro – quando egli morì a Mantova. Morì servendo il papa e lamentandosi che da Roma non arrivasse la paga per sé e per i suoi uomini... io gli ho stretto la mano fino all'ultimo respiro –.

– Giovanni e le sue Bande Nere combattevano per me, – disse il papa. – Giovanni era mio cugino, era il marito della mia nipote prediletta, Maria, era il più valente dei miei comandanti. Si scontrò con Georg von Fründsberg a Govérnolo. Fu una scaramuccia. Partì quel dannato colpo di moschetto che sfidò la nebbia pesante del Mincio. Quel soldato mirò giusto nonostante la nebbia. Contavo sul valore e sulla salute di Giovanni per evitare che i tedeschi calassero fino a Roma. Se fosse sopravvissuto credo che i lanzichenecchi non avrebbero passato il Po e Roma non sarebbe stata saccheggiata...Si può dire che fu, come per molti altri eventi della mia vita, l'invidia del destino? Mi è concesso dirlo? Quel che avevo da dare a Giovanni glielo ho dato... credo sappiate che le casse della Camera Apostolica fossero allora penosamente vuote – disse il papa sconsolato. Poi con durezza – ma vi disse Giovanni degli spaventosi debiti che gli appianai solo perché sua moglie venne a Roma col bambino, Cosimo, febbricitante a implorare la santità dei legami di sangue? Ve lo disse il vostro amico Giovanni? Conosciamo tutti la vita sventata che avete condiviso e i debiti che voi lo avete aiutato ad ammucchiare. Giovanni era uno straordinario soldato ma un uomo irruento, dalla condotta profondamente immorale. –

Pietro tacque e abbassò gli occhi. Sembrava ripensare al suo amico Giovanni agonizzante in casa di Luigi Gonzaga, a Mantova, dove erano riparati, alla neve che fioccava fuori dalle finestre… tutto allora sembrava perduto. La vita, la battaglia, la guerra, ogni speranza….Pietro bisbigliò qualcosa – sì, l'invidia del destino, scrissi anche io la stessa cosa riguardo alla morte di Giovanni… scrissi a vostra nipote Maria raccontando della morte di Giovanni…

Le scrissi – sembrò faticare a ricordare le parole che aveva usato nella lettera a Maria:

…Tra brevi e tormentati sonni e continui risvegli a un tratto Giovanni disse: "Son guarito Pietro, non sento più niente, se continuo così insegnerò presto ai tedeschi come si combatte e come so vendicarmi."

Poi socchiuse gli occhi cedendo in qualche modo alle tenebre eterne. Mentre gli davano l'estrema unzione sussurrò riferendosi alle morbide lenzuola su cui era adagiato: "Non voglio morire fra questi impiastri".

Si fece mettere su un duro letto da campo e mentre il suo animo dormiva, fu occupato dalla morte. Questa la fine di Giovanni de' Medici. Avrei voluto morire nell'istante in cui egli morì e il grande Giulio, allievo di Raffaello, si apprestava a fare il calco del volto del vostro sposo, così quando lo chiusero nel sepolcro. Ma la sua gloria mi ha asciugato il pianto. Spero possa diventare per Voi, Signora, se non gioia almeno ornamento della vostra vedovanza. L'ira di Dio che vuol procedere sopra gli errori umani ce lo ha tolto. La Maestà Sua l'ha tirato a sé per castigare chi ha sbagliato. Si consoli l'anima nostra nella sua fama e parlando di lui e delle sue vittorie, lasciamoci guidare dal lume della sua gloria che marciava innanzi al feretro: alle esequie l'hanno celebrato capitani illustri sostenendo il feretro sulle loro spalle. Il marchese con tutta la nobiltà di casa Gonzaga, il popolo intero di Mantova, le donne assiepate alle finestre han riverito il tremendo corpo di colui che a voi fu sposo e a me signore.

Quietate la mente nei suoi meriti e mandate al marchese Cosimo, così come lui Vi ha chiesto perché egli se ne prenda cura. Che Dio conceda a Cosimo il doppio di ciò che a me e a Voi tolse la morte e l'invidia del destino.

– Scriveste così a Maria? – gli chiese con reale partecipazione il papa.

Pietro sembrò risvegliarsi come da un sogno ad occhi aperti – Esattamente questo –

– Maria però non mandò Cosimo a Mantova. Disobbedì alle ultime volontà di suo marito. E fece bene. Conosco bene mia nipote Maria e posso dire che due sole cose di lei non scesero nel sepolcro a distendersi accanto alla fredda armatura di Giovanni: la sua maternità e purtroppo il suo forse inutile amore per un marito che in vita e morte era e sarebbe stato per lei sempre un fantasma, magnifico e irraggiungibile, ma pur sempre un fantasma. –

– *Jamais autre* divenne il suo motto. Mai un altro. – chiuse Pietro.

– Maria mi segue in questo viaggio verso la Francia. – disse il papa indicando istintivamente la porta – Combatterà fino all'ultimo respiro affinché i diritti di Cosimo come erede dei Medici siano riconosciuti. E in questo è la più Medici di tutti noi... l'erede sarà Cosimo un giorno... – disse il papa volgendo lentamente la testa verso la finestra – .

– Che vi dicevo? – disse Pietro a Sebastiano. – Si parlava della morte atroce di suo cugino Giovanni e il pensiero del papa corre solo alla famiglia e alla sua sopravvivenza. Non ai singoli Medici caduti lungo la strada. Chiudete dunque così la morte di Giovanni? – chiese incredulo l'Aretino fissando il pontefice.

– Non posso farlo risorgere – disse il papa con freddezza.

– Ecco perché io sono convinto che voi non abbiate mai amato nessuno, che nessuno vi sia mai entrato nel cuore, faceste tutto solo per i Medici, per un emblema, per un'idea, per un nome, per il sangue diluito che scendeva da un comune antenato. Preservare solo la famiglia, preservare Firenze e la famiglia che in fondo sono una cosa soltanto...celebrare un rito e un mito. –

– In parte questo è vero – disse Sebastiano gravemente lasciando il papa allibito– come fu chiaro in quell'estate esemplare, quella del 1519. –

Giardini d'inverno

– Il 1519. L'*annus horribilis* dei Medici. Quell'anno avete tremato e anche temuto la fine vero? – disse Pietro quasi con soddisfazione.

– Già – disse il papa tristemente. – Ora siate però voi a seguirmi. Uscite da questa stanza – disse indicando la finestra.

– Dove volete portarmi? – chiese Pietro sospettoso.

– Avete paura? .... – disse il papa prendendo coraggio mentre Pietro scuoteva la testa – Allora vi porterò all'Ambra, a Poggio a Caiano! –

– So quel che volete dirmi – disse Pietro.

–Voi non c'eravate allora!, non potete sapere niente.– ruggì il papa.

– Ci sono sempre stato Santità...in un modo o in un altro. Son sempre stato con voi. Come costui – disse Pietro indicando Sebastiano.

– Che cosa significa?– chiese Clemente VII spaventato.

– Fu quando vostro nipote Lorenzo giovane si ammalò. – iniziò Pietro per convincerlo – Già si disperava della guarigione e voi partiste da Roma. Lorenzo era alla villa di Poggio a Caiano, all'Ambra. Con lui c'era sua madre Alfonsina. Ammettetelo, Santità!, non partiste da Roma per Lorenzo, ma perché Firenze era sguarnita e aveva bisogno di una guida forte, di qualcuno che le tenesse saldamente le briglia. Partiste, lo ricordate?, dall'Urbe alla fine di gennaio. La vostra carrozza uscì dai sacri palazzi e scomparve in una straordinaria bufera di neve che a Roma non si ricordava a memoria d'uomo. A chi vi guardò partire deste l'idea di andare a bussare direttamente alle porte dell'inferno, in quelle caverne che di notte si aprono sui monti che vi apprestavate ad attraversare. Solo un pazzo poteva pensare di affrontare i valichi con quella bufera! Andavate in effetti formalmente ad assistere un giovane erede morente, l'ultimo maschio legittimo della famiglia, ma in realtà a governare una città sul baratro dell'ennesima rivolta ai Medici e a ...., arriveremo anche a quello, con calma.

Arrivaste all'amata villa dell'Ambra, lo ricordate?, che era buio vero, buio freddo e burrascoso, buio di notte d'inverno senza luna, solo qualche fioco bagliore dalle finestre della villa, lontane sul colle. Buio del cuore di chi vi accolse, vostra cognata Alfonsina, l'altrimenti intrigante e arrogante Alfonsina che era lì per assistere la malattia del figlio. Voi entraste con lo sguardo infuocato, il cuore caldo di speranza e i pensieri affollati di giardini rigogliosi, quelli dei Medici, gli alberi carichi di frutti. Non pensavate certo a vostro nipote moribondo, vero Santità? Pensavate che il sacro giardino dei Medici dovesse sopravvivere, voi ne eravate ormai il legittimo giardiniere e il custode, avevate bisogno di un aiuto e volevate comportarvi come fece vostro zio Lorenzo quando fu al limitare del baratro. Voi nemmeno speravate di trovare un aiuto, eravate certo di trovarlo! –

Il papa lo guardava stralunato, come poteva quell'individuo conoscere quei fatti che appartenevano solo alla sua privatissima memoria?– non poté tuttavia non annuire col capo, fissandolo incredulo.

– Bene, vedete che conosco la vostra vita almeno quanto voi? Allora continuiamo il racconto e torniamo a quella notte all'Ambra. Fissando intensamente Alfonsina forse avreste voluto dirle, nell'urgenza dei pensieri e dei ricordi che avevano riscaldato quel viaggio – cara Alfonsina, fatti coraggio, il tempo, con la primavera ritorna, *le temps revient*, il tempo ritorna. Ma questo quella notte lo pensavate solo voi. E quelle non erano certo le parole più appropriate da dire ad una madre angosciata col cuore raggelato d'inverno. Alfonsina sapeva che il figlio sarebbe morto. Ad Alfonsina interessavano solo la vita, la salute e la gloria di Lorenzo, non i giardini rigogliosi dei Medici, non le interessava nemmeno la gloria dell'erede che in effetti sarebbe nato poco tempo dopo a Firenze. I simboli e la dinastia interessano a voi, Santità, non gli altri comuni mortali! –

Per cui voi la guardaste fisso e i vostri occhi trattennero il fuoco e si fecero d'un tratto pietosi.

– Come sta Lorenzo? – chiedeste con finta ansia mentre vi toglievano il mantello fradicio d'acqua.

– Male – rispose lei con un filo di voce, abbassando gli occhi per trattenere le lacrime.

Voi le prendeste con decisione la mano e vi sedeste uno accanto all'altra. –Preghiamo insieme per Lorenzo il nostro Signore e Creatore – diceste – non è vero?.

– Voi non eravate là con noi…come fate a sapere queste cose? Leggete forse nella mia memoria?–

Pietro finse di non sentire e continuò –Alfonsina stava per chiedere – Siete stanco, Vostra Eminenza?– poi si trattenne e in un soffio che sprofondava in un'antica consuetudine molto simile all'amicizia e alla complicità, (giacché, va detto, la madre di vostro figlio, altri non era che una serva di Alfonsina) chiese –Hai fatto un lungo viaggio. Sei stanco, Giulio?–

Voi recitaste egregiamente la parte del buon parente, del cardinale zio provvido.–

– Non recitavo affatto! – disse Clemente VII – ero sinceramente preoccupato per la salute di mio nipote. –

– Perché piuttosto non confessate apertamente qui, davanti al vostro fedele pittore, che le vostre preoccupazioni erano solo dinastiche? Se Lorenzo fosse morto, cosa che poi accadde...chi avrebbe governato Firenze? Siate sincero, una volta tanto, Santità. –

Il papa si girò furibondo – Ci sono questioni dinastiche cui qualcuno ha dovuto sempre pensare, prima di ogni altra cosa. E spesso è toccato a me farlo...Non si poteva lasciare Firenze ... –

– L'avete finalmente detto! Prima di ogni altra cosa....non si poteva perdere Firenze...ci stiamo arrivando Santità!. Ascoltate questo istruttivo racconto Sebastiano! – disse Pietro fissando il pittore – ascoltate, capirete chi davvero sia il vostro papa!–

Il sublime effetto però, Santità, lo raggiungeste quando guardaste Alfonsina e diceste – Non è tempo di stanchezza, ma di azione e preghiera, Alfonsina. Non dubito che tu abbia fatto venire al suo capezzale i migliori medici, ma prega con me, Alfonsina, questa notte, perché la mia preghiera, da sola, è debole e insufficiente. – Pietro accennò un applauso, – Nessun attore potrebbe competere con voi, Santità. –

Il papa lo interruppe infastidito – Pregammo incessantemente per un tempo che nessuno dei due riuscì a calcolare. Poi, vedendo che Alfonsina era stanchissima, stringendole appena la mano, le suggerii con lo sguardo di andare a riposare almeno per qualche ora. Lei si alzò faticosamente, il volto terreo e inespressivo. Se ne andò senza proferire parola, sprofondando nel buio delle sue stanze. Io, ricordo che mi segnai a occhi chiusi con concentrazione, e rimasi ancora un poco, la mente stranamente leggera e sgombra da mali pensieri, la fiamma del camino ancora crepitante, il resto della grande sala immerso nel buio e nel silenzio. Pensai ad Alfonsina. Era terribilmente invecchiata. L'avevo conosciuta più di trent'anni prima quando era arrivata poco più che una bambina a Firenze per sposare mio cugino Piero. E in tutto quel tempo, nonostante tutte le vicissitudini della famiglia, nonostante le prolungate umiliazioni patite da tutti, lei compresa, la sua alterigia e la sua ambizione non si erano minimamente ammorbidite. Anche mia zia Clarice, la moglie del Magnifico portava il cognome Orsini, ma senza quella ottusa superbia. Alfonsina non era mai riuscita a legare con nessuna delle sue cognate, le mie amatissime cugine; tollerava appena la dolce Maddalena e Lucrezia e detestava cordialmente la "selvaggia" Contessina. Non era nemmeno riuscita a farsi amico il papa. Quando scendeva a Roma non chiedeva favori a Leone, li pretendeva, per sé ma soprattutto per Lorenzo. Il papa Leone certo non la amava. La sua presenza lo infastidiva e imbarazzava. Eppure... quella sera Alfonsina era diversa,... forse il dolore per il figlio. Nonostante il lungo e faticoso viaggio non mi sentivo affatto stanco. Eppure avevo quarantadue anni. Decisi comunque di andare un poco a riposare. Il giorno che mi attendeva sarebbe stato lungo e spossante. –

Il papa tacque un poco e Pietro riprese il racconto. – L'indomani, finalmente, visitaste l'ammalato. In fondo eravate lì per quello. Era una mattina grigia e ventosa, ricordate? Una mattina senza la grazia della pietà. Il cielo compatto color del piombo. Un primo sguardo a Lorenzo vi confermò che i dottori stavano sbagliando tutto. Forse perché Lorenzo non aveva ancora cominciato a sputare sangue? Voi, che tempo prima avevate visto vostra zia Clarice e vostro cugino Giuliano spegnersi allo stesso modo, riconosceste in Lorenzo lo stesso male incurabile che la famiglia si trascinava attraverso le generazioni come massi in un fiume vorticoso e inarrestabile. Ve ne doleste? Io non credo, in fondo non potevate farci nulla. E poi non va dimenticato che stavano per nascere due eredi, uno dello stesso moribondo, l'altro era il figlio di Giovanni, il gran Diavolo delle Bande Nere e di vostra nipote Maria. C'erano quei due nascituri e dietro di loro i due illegittimi, il vostro Alessandro e Ippolito figlio di Giuliano di Nemours.

Il giardino, Santità, il giardino andava coltivato, uno avulso, non deficit alter... Dite così voi non è vero? La famiglia non aveva le spalle completamente sguarnite. Ricordate? Quella mattina il ventottenne e altrimenti elegantissimo Lorenzo giovane duca d'Urbino, pallido e molto dimagrito, sudato e debole al punto di esser incapace di alzarsi dal letto, tentò di parlarvi ma era continuamente interrotto da una tosse violenta ed insistente. Tra un accesso e l'altro dimostrò a voi che gli eravate accanto con la vostra soverchiante bellezza, aperta ostilità e freddezza. In fondo eravate lì per correggere i suoi molti errori e per sostituirlo nella guida di Firenze. E forse ad aspettare la sua morte, per prendere definitivamente il suo posto. Lui lo sapeva e vi odiò con tutta l'anima.

Non diceste niente e usciste dalla camera di Lorenzo senza molte cerimonie per nulla offeso e col vostro passo atletico, vigoroso e inconfondibile. Per dimostrare quanto poco vi turbassero le sue condizioni convocaste all'Ambra vostro cugino Ottaviano per ordinare nuovi lavori alla villa. Poi scendeste a Firenze.

Avevate molte cose da sbrigare: amministrazione ordinaria ma anche straordinaria visti gli errori commessi negli ultimi mesi da Lorenzo, errori che impietosamente erano stati riferiti a Roma e che avevano assai addolorato il pontefice. Il giovane Lorenzo non amava Firenze e sinceramente non era in grado di governarla visto che non portava rispetto alle istituzioni repubblicane (cosa che invece aveva fatto il suo Magnifico e omonimo nonno). Lorenzo era riuscito a disgustare anche i più solidi alleati dei Medici, quelli che avevano atteso per diciotto anni e avevano aiutato il loro ritorno. Aveva apertamente contravvenuto ad ogni indicazione che veniva da Roma. Non voleva essere affiancato dall'aristocrazia fiorentina. Voleva esserne il principe.

Voi invece tornavate a Firenze con il peso di tutta la vostra autorità (che, bisogna esser sinceri, è sempre stata grandissima), per ritessere molte antiche amicizie e fedeltà, venivate a parlare fiorentino coi fiorentini.

Siete stato un ottimo governante, avete sempre avuto tempo e disponibilità per tutti. Venivate a sanare e, se possibile, a correggere. Venivate a rammentare concretamente, coi fatti, il tempo del Magnifico a chi ormai, pur avendolo avversato in anni lontani, ora, per colpa di Lorenzo giovane, lo rimpiangeva amaramente. Vivevate delle rendite dei vostri benefici senza gravare sulla città. I mesi in cui teneste le briglie di Firenze furono ricordati unanimemente come di vero buon governo. –

– Qualcosa dunque in tanto disastro mi riconoscete... –

Il papa era tornato con la memoria ormai a quel 1519. Pietro lo costringeva, con la potenza dettagliata di quel ricordo, a ritornare idealmente all'Ambra. Era come se l'Aretino fosse stato là. Anche se, era certo, che la visione dei fatti di Pietro fosse viziata da certo pregiudizio. Credeva, intendendo continuare lui il racconto di poter dimostrare il contrario. Pietro rimase sorpreso dall'interruzione.

– Chiamai mio cugino Ottaviano. Gli comunicai che da quel momento in poi Alfonsina sarebbe stata sollevata da qualsiasi responsabilità sui lavori e sulle committenze all'Ambra. Motivai ovviamente la decisione con la preoccupazione per la sua salute: Alfonsina era molto provata, d'ora in poi avrebbe dovuto riguardarsi, stare tranquilla e pensare solo alla salute del figlio. –

– Pensate di scagionarvi raccontando della campagna di lavori che ordinaste proprio nei giorni in cui vostro nipote moriva? –

– C'erano altre considerazioni più importanti – disse tranquillamente il papa continuando il racconto. Abbiate la pazienza di ascoltare... Io stesso avrei seguito i lavori. Dissi a Ottaviano, mentendo, che lo facevo in accordo col papa. Era invece una mia personale iniziativa. Lo facevo per la famiglia, perché se l'erede moriva i Medici dovevano sopravvivere. La decorazione a stucco della volta del salone centrale era magnifica. Ma doveva procedere più velocemente. La volevo terminata entro il maggio successivo. Dopo di che il Franciabigio e Andrea di Cosimo, scesi dai ponteggi e aiutati da Andrea, figlio del sarto Vannucci, avrebbero cominciato a lavorare agli affreschi. Volevo vedere Paolo Giovio per discutere con lui dei soggetti degli affreschi delle pareti.

Sembrava dunque che in quel malinconico e freddo inverno sarebbe iniziata una nuova, intensa campagna di lavori all'Ambra. Dissi a Ottaviano che stava tornando la primavera e con essa la vita. –

– Che quelle parole fossero dette mentre Lorenzo giovane languiva senza speranze nel proprio letto può sembrare almeno scandaloso, non vi pare?. – lo interruppe Pietro con sarcasmo.

Fissandolo dolorosamente il papa continuò – Come avete detto voi, mentre mio padre moriva sotto una gragnuola di diciannove pugnalate e Firenze si dibatteva nel lutto e nelle vendette, per volontà di mio zio io venivo ritratto nel ventre della dea Flora nel giardino più lieto che uomo potesse immaginare. Non potevo che parlare e pensare così. Chi è nato dal buio, dal sangue e dal soffio dolce di Zefiro non poteva non scommettere sul futuro e azzardare al modo di Lorenzo.

Si trattava ancora una volta, come per il dipinto custodito a Castello di "ritrarre" una speranza prima che fosse. Proprio come era accaduto a lui.

Il grande Botticelli che per i Medici aveva sfidato e accusato di omicidio Sisto IV e ai Medici aveva dato la divinità non c'era purtroppo più, gli ultimi anni amari (i Medici in esilio) e di oblio, avvelenati dalla povertà, dalla solitudine, dal sospetto di aver perduto tempo a rincorrere miti ingannevoli e dall'ascesa di giovani artisti ormai ricercati da tutti. Si era offerto alla marchesa Isabella d'Este per decorare il suo nebbioso studiolo di Mantova quando in un lontano passato si sarebbe permesso di rifiutare sdegnosamente. Lo avevano consultato per trovare la migliore collocazione per il David, il colosso di Michelangelo poi più nulla fino all'ultimo, ormai agognato respiro. –

Il papa era agitato. – Al limitare di un baratro molto simile a quello in cui s'era trovato mio zio Lorenzo dopo l'uccisione di mio padre Giuliano, avevo bisogno di un nuovo mito, di un altro giardino senza tempo, di un altro pittore che fosse altrettanto grande, altrettanto visionario da vedere floridi arbusti verdeggiare su stecchi combusti. Glorificare ancora la famiglia, anche nella notte più buia. Sole accecante, mito, eternità, estate, primavera, rami carichi di frutti maturi e gialli come l'oro anche se l'Ombrone, in fondo al giardino dell'Ambra, s'era ghiacciato come nel rigido inverno in cui il Magnifico s'era definitivamente invaghito del Poggio. *O Borea algente*, aveva scritto, *che gelato stagni l'acqua corrente fa s'induri e inghiacci, che pietra fatta la ninfa accompagni. Né giamai co' raggi chiari e gialli risolva in acqua i rigidi cristalli.*

Si meravigliò mio cugino Ottaviano a quella giustificazione? Forse no. Era un Medici. Voi, invece, lo vedo dal vostro sguardo, Pietro, non riuscite a capire. Eppure, si trattava di sopravvivere...Chiesi a Ottaviano di convocare il pittore Jacopo Carucci di Pontorme. –

Clemente VII guardò Sebastiano che fino ad allora era rimasto in assoluto silenzio. Lo fissò e non lesse nei suoi occhi né diffidenza né astio, tanto meno incomprensione. Avrebbe voluto abbracciarlo! E dirgli: allora voi mi capite, amico mio, non mi credete né un pazzo né un mostro!

Avrebbe continuato il racconto tenendo d'occhio le reazioni dell'amico. Gli importavano molto di più del duello che ormai era iniziato con Pietro Aretino.

Partii per Firenze. Mi stabilii non all'arcivescovado (ero allora l'arcivescovo di Firenze!) e nemmeno in san Marco ma in via Larga, a casa mia. Doveva essere un segnale ben preciso: i Medici, anche se l'erede moriva a Poggio a Caiano, c'erano e stavano a casa loro.

Fu in un giorno di tardo febbraio che, interrompendo un'udienza, mi dissero che all'Ambra era giunto da Ferrara un inviato dal duca Alfonso d'Este per sapere della salute di Lorenzo e se, possibile, parlare con lui.

Chi è l'inviato? – mi informai

– Ludovico Ariosto. – mi risposero.

Lo conoscevo perché l'Ariosto era stato a Roma quando era al servizio del gretto cardinale Ippolito d'Este. Aveva molto sperato, invano, di cambiar padrone e ottenere incarichi da Leone X appena insediato. Ma a quel tempo, a Roma e nel cuore del papa c'era spazio solo per i fiorentini. Sapevo soprattutto però che era un valente poeta. La sua opera più ambiziosa, il poema che cantava le gesta del cavaliere Orlando che impazziva per amore, era stato stampato pochi anni prima. Probabilmente Ludovico Ariosto ignorava che una delle prime copie dell'Orlando furioso fosse finita proprio fra le mie mani e che l'avessi molto apprezzata. Credo – disse Clemente faticando a nascondere una certa ironia – che viceversa i ricordi che l'Ariosto aveva di me fossero di natura diversa e poco lusinghieri, forse influenzati dalla frustrazione delle sue antiche ambizioni romane. Da quel che capii mi ricordava come un uomo triste, opaco e di poche parole, semmai di gran maneggio e buona cultura, capace di brillare solo della luce di Leone X. Ecco perché quando l'Ariosto capì che con Lorenzo ammalato non avrebbe mai potuto parlare, dovette sentire come un ripiego l'incontro che avrebbe avuto con me che ero salito di corsa all'Ambra solo per vederlo. Ludovico Ariosto aveva scritto al duca Alfonso che Lorenzo era incapace di parlare e stava in poche parole morendo e temeva che io, il cardinale, non sarei uscito dalla mia grigia impenetrabilità. Così il duca, non ritenendo più necessaria la sua presenza presso i Medici che presto, ci avrebbe giurato, si sarebbero estinti, richiamò tempestivamente a corte il proprio ambasciatore.

L'incontro con l'Ariosto invece andò invece decisamente meglio del previsto.

Condussi l'ospite per le stanze della villa raccontando la storia meravigliosa e tormentata della sua costruzione, i sogni di chi per primo la volle, Giovanni Rucellai, poi mio padre e mio zio Lorenzo e i suoi piani per completarla, piani che profumavano come giardini in fiore e palpitavano di speranze e di futuro. Sembrò all'Ariosto, lo lessi nei suoi occhi sognanti, che un corteggio di dèi accompagnasse il lungo viaggio dei Medici per le strade del mondo; forse Mercurio, come nel dipinto del Botticelli, col suo caduceo stava disperdendo le nubi sulle loro teste.

Accanto a me, il poeta lanciò lo sguardo dalle grandi finestre del salone verso Firenze e non poté non amarla, ammirarla incondizionatamente. Firenze e i Medici!, il giogo forse era davvero soave come affermava il papa e come dichiarava la meravigliosa decorazione della volta, una nuova costellazione visibile solo da Firenze e che era un inno ai Medici, vecchi e nuovi. L'Ariosto partì dall'Ambra perché lo aveva richiamato imperiosamente il suo duca, mi disse congedandosi alcuni giorni dopo. Era tuttavia sinceramente certo che presto di me si sarebbero dette grandi cose. Così disse. Partì nonostante il mio invito a rimanere ancora qualche giorno, il cielo nero infatti minacciava tempesta. Aveva però compreso che trattenersi un altro giorno ancora all'Ambra avrebbe compromesso del tutto la sua lucidità e la sua missione, disse sorridendo.

Partì il poeta, ma ben presto, prima dell'Appennino, fu costretto a fermarsi lungo la strada. La neve infuriava ed era impossibile procedere. Nel misero albergo in cui si trovò ad alloggiare in mancanza di meglio, fiorì l'ispirazione e fu tutta per me e per i Medici, una risposta al mio appassionante racconto sul giardino e sulle speranze dei Medici. Forse Lorenzo giovane, il Lauro sarebbe morto, ma c'era suo figlio che stava per nascere e l'altro Medici, giovani arbusti, ma sempre rami della stessa pianta.

La fantasia del poeta cantò un lamento sul lauro morente e una speranza invitta. Era Firenze che cantava la propria disperazione per le misere condizioni del Lauro. Avrebbe passato l'inverno l'alloro che aveva dato dolce ricetto e soave ombra a Venere, a Diana e alle sue ninfe?

Ne la stagion che 'l bel tempo rimena,/ di mia man posi un ramuscel di Lauro/ a mezo colle, in una piaggia amena, / che di bianco, d'azur, di vermiglio e d'auro/ fioriva sempre, e sempre il sol scolpiva,... / Ma poi Onde uscì la boreal tempesta?/ onde la bruma? Onde il rigor e il gelo?/ Onde la neve, a' danni miei sì presta?/ Come ha tolto il suo favore il Cielo?/... Verdeggia un ramo sol con poca foglia,/ e fra tema e speranza sto suspesa,/ se mi lo lasci il verno o mi lo toglia./ Ma più che speranza il timor pesa/ che contra il ghiaccio rio, ch'ancor non cessa,/ il debol ramo avrà poca difesa./ E allora Febo rettor de li superni segni,/aiuta 'l sacro Lauro, onde corona/ più volte avesti nei Tessali regni;/concedi Bacco, Vertumno e Pomona,/ satiri fauno, driade e napee, /che nuova fronde il lauro mio ripona;/ soccorran tutti i dèi, tutte le dèe/ che de li arbori han cura, l'arbor mio; però che gli è fatal: se viver dee,/ vivo io, se dee morir, seco moro io.

Quando la tempesta cessò l'Ariosto ripartì per Ferrara. Il lamento sul Lauro morente, un foglio di pochi versi pulito e senza cancellature salì invece fino all'Ambra, fra le mani di chi, in fondo, lo aveva ispirato, le mie.

Mentre nella mia mente si fissavano a lettere di fuoco gli ultimi versi di quella poesia, mi fu annunciato l'arrivo di Jacopo Carucci, l'inconsapevole uomo del destino in quell'anno di morte.

Jacopo entrò e i suoi occhi bui e spaventati si posarono subito sulla volta.

Non aveva nulla della quieta, bionda, sicura eleganza del Botticelli.

Entrò esitante e silenzioso incapace di seguire le minime indicazioni di etichetta che il segretario gli aveva suggerito fuori dalla porta. Non mi importava. Mi si avvicinò e il suo inchino fu tardo e impacciato, lo sguardo che sfuggiva il mio. Lo invitai ad alzarsi e gli sorrisi.

In fondo non mi aspettavo da lui cerimonie ma miracoli. Ecco, lo riconobbi al primo sguardo, era il vero Medicus capace di richiamare in vita i defunti! – Pronunciando la parola Medicus Clemente VII fissò con complicità Sebastiano del Piombo. Uno sguardo ricambiato con franca amicizia.

Cercai di mettere l'ombroso pittore a proprio agio. C'erano sempre quei versi che mi tormentavano e che mi giravano vorticosi fra i pensieri.

Febo, rettor de li superni segni,...concedi, Bacco, Vertunno e Pomona,/ satiri, fauno e driade e napee,/ che nuova fronde il Lauro mio ripona;/ soccorran tutti i dèi, tutte le dèe/ che de li arbor han cura, l'arbor mio... ripetevo mentalmente.

Quando Jacopo Carucci se ne andò, sapeva benissimo che da lui ci sia aspettava un ritratto che avrebbe spaventato qualunque altro artista: sia che lo si considerasse il ritratto di un uomo defunto da più di cinquant'anni, o quello di uno che doveva ancora nascere, o quello di un'intera stirpe che sceglieva di passare alla storia con un solo volto, quello della prima o dell'ultima gloria; una stirpe che sceglieva fra tanti un solo nome, un solo motto che era solo speranza e un solo albero che l'avrebbe resa unica e riconoscibile per sempre. Il Lauro medicus di Apollo che incorona i poeti e che cura, il lauro triumphalis che i fulmini di Giove non hanno distrutto, il lauro sempre verde, il lauro immortale che tagliato ricresce più verde, il lauro che stravinse con Lorenzo nella giostra del 1469, il lauro amato dal Botticelli che si ergeva accanto al pensoso volto del Magnifico nell'Adorazione di Gaspare Lami, e che riempiva il meraviglioso giardino di Flora narratrice.

Un ramo è tagliato, Lorenzo è malato, ma l'altro, suo figlio, è ben rigoglioso anzi, sta per dare il primo vagito.

Un cartiglio bianco avvolge il fusto: uno avulso non deficit alter. Come la sacra pianta che Enea doveva offrire a Proserpina. Muore forse un Medici ma non muoiono i Medici.

Il ritratto doveva esser quello del vecchio Cosimo il pater patriae et parens, mio bisnonno, l'antenato talmente perfetto da diventare futuro e speranza. Il fondatore della fortuna e del prestigio della famiglia, il costruttore indefesso, l'esiliato che era tornato in patria più forte di prima.Il pater patriae, che aveva fatto spostare il concilio del 1439 a Firenze da Ferrara dove l'unica cosa che aleggiava era la peste e dove uomini ed idee erano impantanati nelle smisurate paludi estensi. E allora aveva condotto Firenze alle stelle. Erano arrivati da Costantinopoli, come suoi ospiti, l'imperatore Giovanni Paleologo, il patriarca Giuseppe e un'infinita schiera di prelati, teologi, cortigiani, nobili, letterati, studiosi dall'anima logora e sfinita per troppa storia e troppa fermezza. Erano venuti per tentare di unire ancora una volta la Chiesa d'Oriente e quella d'Occidente. Da Basilea a Ferrara e da Ferrara a Firenze.

Erano ripartiti per Costantinopoli certi che le decisioni prese avrebbero mutato il corso della storia. Arrivati in patria, dopo un lungo viaggio, capirono che nulla in effetti sarebbe cambiato.

Firenze però in quei mesi del concilio aveva assistito abbagliata e sgomenta al corteo sfarzoso che veniva dall'Oriente e che presto aveva occupato i migliori palazzi. E non avrebbe mai più dimenticato.

Nell'immaginario dei fiorentini i Medici cominciarono a far parte di quell'esotico corteo e ben presto divennero i nuovi Magi senza però la vaghezza e la vecchiaia polverosa di quegli strani monarchi e astrologi che venivano da molto lontano. Vi aggiunsero semmai la sfolgorante giovinezza delle nuove generazioni, la loro ricchezza concreta e incommensurabile, la potenza conclamata, le loro vesti dorate e i sereni cappelli piumati.

E nel palazzo di via Larga, nella cappella privata dove la famiglia si riuniva e celebrava indisturbata non solo Dio ma anche il proprio imperturbabile ma concretissimo trionfo, lì, a mano di Benozzo Gozzoli, e per volere proprio di mio nonno Piero figlio di Cosimo che voleva onorare la memoria del padre, c'era tutta la storia più recente della famiglia. Una storia che procedeva col passo lento, fiabesco, inesorabile e glorioso del corteo dei Magi.

Lì, nell'oro sfolgorante, nella gloria che procede per una campagna lieta e assolata punteggiata di cipressi e fiere addomesticate, c'erano tutti i ricordi del favoloso concilio che da Ferrara era stato spostato a Firenze, c'era tutta la famiglia, c'erano tutti i Medici della Storia, i vivi e i morti che erano sempre Medici, tutti rami dello stesso arbusto, c'erano gli amici e gli alleati, c'era Cosimo che tutto aveva voluto e ottenuto, c'era Piero ancora senza lettiga e suo fratello Giovanni che se n'era andato troppo presto, le famiglie fiorentine amiche, i parenti e i banchieri e i due eredi Lorenzo e Giuliano, loro, la gloria futura.

Cosimo era lì, solo apparentemente in disparte. Il suo occhio guardava e sovrintendeva tutto, anche il cammino fatale dei Re Magi. Ma, una volta assestata la potenza, aveva preferito mostrare al mondo la giovinezza e il futuro che lui non aveva più e che i suoi figli per diverse ragioni, uno, Giovanni, perché morto prematuramente, l'altro, Piero, perché sempre e gravemente ammalato, non avrebbero mai avuto. La mangiatoia e il Bambino non si vedevano ancora. Forse non si dovevano nemmeno vedere. Bastava il corteo.

L'eternità era lo splendore del corteo, la gloria dei Medici. Il tempo che scorreva si perdeva nella magnificenza degli abiti e delle cavalcature, nel numero dei servi, degli amici e degli alleati, nell'ostinata felicità di una campagna ben governata.

Ecco l'antenato da ritrarre, Cosimo dunque, lo sguardo sicuro e fermo, l'abito rosso come quello del martirio del suo santo omonimo. Ecco il passato dei Medici. Ecco il loro futuro. Il ritratto non di un defunto ma di un immortale. (fig. 6)

Jacopo Carucci se ne andò frastornato e turbato con l'impegno di tornare presto, molto presto con il ritratto finito per un nuovo lavoro da eseguire all'Ambra, un lavoro che avrebbe perfezionato il nuovo mito dei Medici e che si stava delineando nella mia mente con sempre maggiore chiarezza.

Sono nato nel mito, dall'amore appassionato di Zefiro e Flora e mio padre nel mito è morto, chiudendo gli occhi nelle Stanze del Poliziano forse prima ancora che sul pavimento di marmo della cattedrale di Firenze.

Ai primi di aprile del 1519 dovetti ritornare urgentemente a Roma. Pochi giorni dopo, nonostante le pessime condizioni, Lorenzo giovane scese finalmente in lettiga a Firenze perché per allora era atteso, a Firenze, il parto di sua moglie Madeleine.

Una femmina, Caterina, gli nacque la notte piovosa del 13 aprile, una femmina lieve, fragile e disperata. Sua madre Madeleine, consumata dalle febbri puerperali, morì due settimane dopo.

Una femmina era dunque la prima degli eredi tanto attesi! Il destino sembrava accanirsi.

Quando, dopo la morte di Madeleine, mi scrissero che anche Lorenzo aveva avuto un brusco peggioramento, partii immediatamente da Roma ma giunsi a Firenze che mio nipote era morto da poche ore, il 4 di maggio.

L'insolenza del sole che inondava quella mattina la facciata di palazzo Medici sembrava non voler ammettere il lutto che regnava all'interno. La neonata, orfana di entrambi i genitori, piangeva senza tregua, i due giovani sposi scomparsi a nemmeno un anno dalle nozze, Firenze.... a Firenze sarei rimasto io, questo era chiaro. Firenze con me non correva pericoli. Affidai subito Caterina alla sorella di suo padre, la ferrea Clarice giovane che la allevò insieme ai suoi dieci figli. Sempre lei si occupava anche dell'educazione di mio figlio Alessandro e di Ippolito. La famiglia si chiudeva sempre, protettiva, attorno agli orfani e agli indifesi dei Medici.

Clarice e suo marito Filippo Strozzi si erano sposati a tutti i costi e, infrangendo le leggi fiorentine che gravavano sulle spalle delle figlie e sorelle di esiliati, sapevano che alla famiglia quello dovevano e quello fecero.

Anche in quel terribile mese di morte non smisi mai di sperare e lavorare per la famiglia e per Firenze. Come Clarice, sapevo che quello alla famiglia dovevo. Quando l'11 di giugno nacque il figlio maschio di Giovannino e di mia nipote Maria ed emise il primo potente vagito, fu chiaro a tutti i Medici che il tempo era davvero ritornato. Il destino dava segnali forti a chiunque volesse intenderli.

Non fu nemmeno necessario consultarsi perché la mitica necessità della famiglia e la volontà di Leone X e mia furono ovvie ed insieme legge: il bambino si sarebbe chiamato Cosimo, come il pater patriae.

Se è vero che le temps revient, il tempo ritorna, passato e futuro non possono che coincidere. Il papa volle essere padrino di Cosimo nel giorno del battesimo.

Cosimo era un bambino forte che somigliava a suo padre.

Il mio azzardo era stato premiato. Il ritratto di Jacopo Carucci, vero Medicus, aveva richiamato in vita il proprio effigiato.

Visitai mia nipote Maria e il neonato. La bellezza di Maria, in quei giorni di gioia piena, era gloriosa. La famiglia dopo tanto lutto poteva di nuovo festeggiare, unita. In quell'anno tremendo oltre Lorenzo giovane sarebbero morti anche il conte Franceschetto Cybo, sua moglie e mia cugina Maddalena e il cugino cardinale de' Rossi, ma la discendenza per il momento era assicurata. Jacopo Carucci venne all'Ambra, in cui fervevano i lavori, col ritratto di Cosimo, meraviglioso, terminato. Si trattava ora di affrescare una grande lunetta nel salone centrale dell'Ambra, (la volta davvero terminata) sul lato che guardava verso Firenze.(fig. 5) Si trattava di ridare ai Medici la divinità, di ritrovare un giardino che fosse altrettanto sacro e chiuso come quello in cui io stesso ero stato concepito e in cui i miei genitori avevano vissuto il loro breve sogno d'amore.

Si trattava di richiamare in quel giardino gli dei che sdegnosamente se ne erano andati alla fine dell'Età dell'Oro per punire le scelleratezze degli uomini. Gli dei antichi e agresti il cui amore, come avevano cantato sia Virgilio che Ludovico Ariosto, guardava dall'inizio dei tempi i nostri orti. I giardinieri divini e perfetti cui affidare i nuovi, rigogliosi arbusti del dolce ed immortale Lauro e gli altri alberi dei Medici carichi di frutti d'oro. La lunetta avrebbe illustrato i versi di Ludovico Ariosto. Ecco un muro a chiudere il sacro misterioso giardino. Il lauro, i rami tagliati e quelli rinati. Ecco una ghirlanda retta faticosamente da putti con frutti e foglie di ogni stagione, perché il tempo ritorna. Sempre. E poi Vertumno, il vecchio inverno che entra, lo sguardo assorto, nel giardino della trionfante Pomona la primavera, l'antica Venere degli orti, vera guardiana del giardino cui accedono solo gli amici dei Medici, il falcetto che solo lei può usare, stretto con decisione in mano. Libero o Autunno quasi un giovane contadino seminatore con la casacca gonfia color dell'uva matura.

Apollo è nudo, bellissimo, morbidamente reclinato, il braccio teso ad afferrare, solo con buone intenzioni, un ramo di lauro. E l'estate, o forse Cerere, sovrabbondante di vesti come di calore, le maniche arrotolate al gomito, reclinata, di schiena, a guardare con dolce malizia chi viene a disturbare o a contemplare questa sacra, rurale rappresentazione dei tempi medicei che verranno.

Anche Diana stringe un ramo di Lauro, il turbante sottile bianco, falce di luna. E un cane, non un simbolo ma fioco richiamo alla realtà, forse unico compagno del solitario lavoro del pittore in quella calda estate del 1519, un cane color del sole, del miele o dell'Ambra stessa, la posa timida della testa appena abbassata ad aspettare una carezza dagli dei.

Ludovico Ariosto che tornò a Firenze in maggio per rappresentare il suo signore alle esequie di Lorenzo duca d'Urbino, non riuscì a vedere all'opera Jacopo Carucci perché questi salì sui ponteggi montati nel grande salone della villa solo il mese successivo.

La circostanza del funerale, la presenza di dignitari e ambasciatori di tutte le corti e di una folla immensa impedì che l'Ariosto ed io potessimo incontraci privatamente e avere di nuovo un confronto sul mitico giardino dei Medici. Probabilmente, guardandoci, e salutandoci con le consuete cerimonie pensammo la medesima cosa, ma non si poté certo parlare dell'Età dell'Oro che effettivamente, nonostante la morte dell'erede, era tornata e che, anche durante la messa per il giovane Lorenzo, bussò prepotentemente e soprattutto senza decenza, lo ammetto, alle porte della mia fantasia.

Alfonsina non perdonò e forse nemmeno comprese le ragioni per cui io potessi pensare ai lavori all'Ambra in quel periodo. Cerea e assente, fu per un certo verso anche irreprensibile nel ruolo che da Orsini e Medici dovette sostenere in quei giorni di vero lutto, per lei insopportabili.

Quel ruolo durò fortunatamente pochi mesi, fino al gennaio successivo, quando comprese che senza suo figlio Lorenzo non avrebbe avuto più senso vivere, nemmeno per la piccola nipotina Caterina che era al sicuro, accudita con amore dall'altra sua figlia Clarice.

Ai funerali di Lorenzo parteciparono anche Michelangelo Buonarroti e Jacopo Carucci. Entrambi erano lì per mero dovere e si accomiatavano da Lorenzo giovane, un uomo che certo non avevano amato, ma stavano per essere reclutati da me con ruoli diversi per scrivere il capitolo fondamentale della leggenda dei Medici. Uno in San Lorenzo, l'altro all'Ambra. –

Michelangelo

Al nominare Michelangelo Buonarroti il papa notò che Pietro Aretino aveva avuto un lieve sobbalzo e si pentì di averlo nominato. Temeva che Pietro gli leggesse nei pensieri e temeva di tradirsi sul prossimo appuntamento con Michelangelo.

– Il suo nome alla fine è uscito... – disse Pietro con un sorriso malizioso allarmando il papa.

– Il suo nome? – chiese Clemente fingendo sorpresa.

– Sapete benissimo di chi sto parlando – rispose Pietro facendosi serio – sto parlando del vostro amico Michelangelo, Santità. –

Il papa mostrò di non capire dove Pietro volesse condurlo, ma finse tranquillità. E Pietro da parte sua intendeva pregustare la preda lentamente, in fondo non aveva nessuna fretta.

– Dipende dal significato che si dà alla parola amico – disse con sguardo allusivo il papa – anche prima, mi pare si discorresse di amicizie tradite... –

– E allora perché.... – se ne uscì Pietro interrompendosi subito. Stava infatti per fare una domanda istintiva che certo lo avrebbe costretto a scoprire troppo presto le carte.

Il papa però capì immediatamente e cercò in un primo tempo di sviare il discorso da Michelangelo e soprattutto dal presente. Invano perché purtroppo fu Sebastiano che ingenuamente riprese il discorso su Michelangelo e lo collegò a quanto detto prima sul ritratto giovanile fatto al pontefice.

– A proposito di Michelangelo, Santità – disse Sebastiano guardando solo il papa come se temesse anche solo di guardare Pietro – voi ne riderete una volta ancora, ma io sono certo che Michelangelo diede le vostre fattezze giovanili alla potente figura del profeta Isaia nella volta della cappella papale. Ha dato a Isaia un volto che noi tutti riconosciamo, il vostro, tempestoso, incommensurabilmente malinconico. –

– È una vostra fantasia, Sebastiano... Ma voi piuttosto, ne avete mai parlato con lo stesso Michelangelo?, sono sicuro che avrebbe la mia stessa reazione. – disse il papa con un sorriso amichevole.

– Io sono invece convinto – disse Sebastiano trovando amichevole coraggio – che voi Santità sappiate benissimo che Michelangelo scelse il vostro volto... –

– Sicuramente una casuale somiglianza – disse il papa benevolo.

– I vostri occhi però, Santità, concedetemi l'ardire, brillano compiaciuti... ed è probabile, tutti qui conosciamo bene Michelangelo, che lui nel suo smisurato orgoglio non lo ammetterebbe mai né con me né con voi purtroppo. – insistette Sebastiano.

– Possibile che non vi siate mai riconosciuto fra i profeti e le sibille? – sghignazzò Pietro Aretino

Sebastiano rimase offeso e turbato.

Il papa non volle replicare a Pietro – La mia vista è molto diminuita Sebastiano, non riuscirei nemmeno volendo a puntare lo sguardo sulla volta, nemmeno per smentirvi o per darvi ragione – disse con un sorriso malizioso che notò solo Sebastiano – ma, per provare il vostro errore, mio caro Sebastiano, vi dirò che Michelangelo Buonarroti ai tempi in cui dipingeva la volta per Giulio II vedeva noi Medici come i più temibili nemici della sua repubblica fiorentina. Come avrebbe voluto o potuto mettermi fra i profeti? –

– Proprio il fatto che il profeta fu dipinto in tempi non sospetti consentiva a Michelangelo di nascondervi negli ampi panni di Isaia. Inoltre, sappiamo bene l'amicizia che vi lega, Santità. Siete quasi coetanei e sappiamo che Michelangelo in gioventù fu accolto nella casa di vostro zio quando anche voi vivevate lì. Aveva avuto libero accesso al celebre giardino di fronte a San Marco dove era conservata la collezione d'antichità custodita da Bertoldo. Per quanto vogliate entrambi nasconderla, la confidenza che avete è evidente. E, perdonate, qui lo ribadisco, l'Isaia è il vostro miglior ritratto – concluse Sebastiano.

– Conoscete forse altri ritratti di Michelangelo, Sebastiano? – chiese il papa con dolcezza – non vi pare strano che abbia fatto un'eccezione solo per me? –

– So che sta lavorando ancora per voi – rientrò nel discorso Pietro apparentemente annoiato dalla divagazione sul ritratto del papa, – è vero? –

Il papa sentì il discorso farsi insidioso. Si stava pericolosamente avvicinando al presente.

– Ho bisogno d'aria!, una passeggiata mi farà bene. C'è ancora luce... –

Il segretario fuori dalla stanza trasalì nel vedere il papa uscire con energia dalla porta da lui stesso aperta.

– Santità..! –

– Una passeggiata in carrozza, subito – ordinò perentorio il papa senza nemmeno fermarsi.

Quando il segretario fece per salire sulla carrozza, lui glielo impedì con un fulmineo gesto della mano.

– Voglio ancora rimanere solo – disse seccamente. Ebbe almeno la prontezza di sorridere e fu quello che tranquillizzò tutti, compreso il segretario.

La carrozza partì e altre la seguirono.

Ancora Michelangelo

Aveva appoggiato la testa e chiuso gli occhi, finalmente per riposare. Era solo, del tutto solo.

– Quante volte vi ha tradito Michelangelo, Santità?–

– Ancora voi? – chiese stralunato il papa che aveva riaperto di colpo gli occhi trovandosi di fronte Pietro Aretino seduto.

– Come siete salito? – chiese il papa allarmato.

– Senza l'aiuto di nessuno se vi può rassicurare – ridacchiò Pietro – ma, ... se gli spagnoli vi hanno braccato in Castel Sant'Angelo... per quanti mesi? a me che sono vostro amico sarà pur concesso accompagnarvi in una breve passeggiata in carrozza... – rise Pietro – temo piuttosto che presto ci raggiungerà anche il pittore... – disse con disprezzo.

Poi riprendendo il discorso su Michelangelo –Vi ha tradito molte volte e voi sempre lo perdonate, veramente siete Clemente, Santità. La prima volta fu quando, morto vostro zio Lorenzo, capì che per i Medici la situazione a Firenze stava precipitando. Fuggì a Bologna dagli Aldrovandi in una notte di bufera, pochi giorni prima che i Medici fossero costretti a lasciare Firenze. L'unica e ultima opera che aveva fatto per l'erede del Magnifico era stata una grande scultura di neve che si era sciolta, come il potere dei nuovi Medici, ai primi raggi di un nuovo sole. Se non sbaglio, quello fu il primo tradimento alla famiglia e alla memoria del Magnifico che aveva creduto in lui. Ma quel tradimento non bastò al giovane Michelangelo, vero Santità? Accadde che l'anno dopo, il cardinale Raffaele Riario, il vostro peggiore nemico, acquistò, per l'enorme cifra di duecento ducati, una scultura antica, un Amorino dormiente. L'opera in realtà era stata da poco compiuta da Michelangelo che era appena tornato a Firenze da Bologna. Avevano suggerito al giovane artista, per scherzo, di invecchiarla e venderla come fosse stata appena rinvenuta in un campo. Il mercante, che in effetti allo scultore pagò 18 ducati, portò l'Amorino a Roma dove sapeva che avrebbe trovato un acquirente. Riario appunto. Quando la verità fu risaputa, il cardinale, il cui infallibile occhio di intenditore d'arte antica era stato per la prima volta beffato con tanta abilità, si arrabbiò e restituì la scultura pretendendo di riavere il denaro, ma volle che il giovane scultore venisse a Roma. E Michelangelo che non si era degnato di venire a Roma a implorare il perdono a voi che eravate i suoi antichi protettori dopo la vergognosa fuga dell'anno precedente, venne a Roma per accettare un incarico dal vostro nemico Riario. Non c'è che dire, un vero affronto! E voi Medici, c'è da starne certi, non dimenticaste. Fu il secondo tradimento di Michelangelo alla famiglia. Ma ditemi,... – disse insinuante – non credo che voi sareste mai stato beffato dall'Amorino dormiente, il vostro occhio era veramente infallibile...non come quello di Riario. –

– Pensate che io sia sciocco o ingenuo, Pietro? Mi offendete per poi lusingarmi con tanta banalità. Non accetterò nessun confronto con il cardinal Riario – disse il papa stancamente a Pietro. – volete farmi parlare anche di Riario oltre che di Michelangelo? E poi, che uso fareste delle mie confidenze e dei miei ricordi? Diventeranno volgare avanzo della vostra nota maldicenza? –

L'espressione di Pietro finse ingenuità e sorpresa e continuò – Riario mostrò la propria collezione a Michelangelo e volle sapere come egli la giudicasse. Io credo che fosse inferiore a quella di vostro zio il Magnifico, ma tant'è. Il cardinale Riario ascoltò con attenzione i giudizi entusiasti del giovane scultore e pochi giorni dopo gli comandò di acquistare un blocco di marmo. Gli allestì uno studio nella casa di un amico: il fiorentino doveva questa volta lavorare per lui. L'Amore dormiente, intanto, aveva trovato un nuovo proprietario. Cesare Borgia lo aveva acquistato e subito donato a Guidobaldo da Montefeltro. –

Il papa lo guardò con sarcasmo quasi a chiedergli se si ritenesse appagato da quella ricostruzione.

– Poi...? – chiese Pietro al papa come per indurlo proseguire lui stesso il racconto. Il papa, pur continuando a fissare Pietro, tacque per alcuni istanti che parvero ad entrambi eterni poi decise di raccontare qualcosa.

– Poi lo perdonammo, anzi lo perdonai un'altra volta. Fu per la facciata del san Lorenzo. Quel progetto che tanto era stato caro al Magnifico, il papa Leone ed io avremmo voluto realizzarlo al modo di Lorenzo, come si usava dire in casa. All'inizio c'era stata una parvenza di concorso perché l'impresa era grande, complessa e ambiziosa: si trattava di terminare quel che Filippo Brunelleschi, aveva lasciato incompiuto. Ambivano a quella committenza Baccio d'Agnolo e Jacopo Sansovino, Giuliano da Sangallo e lo stesso

Raffaello. Ma Michelangelo aveva brigato con il mio agente per ottenere il lavoro. L'aveva ottenuto ma io gli avevo affiancato Baccio e Jacopo con le loro maestranze, di lui non mi fidavo. Col suo modo di fare obliquo e ambiguo Michelangelo era riuscito a liberarsi di tutti quei collaboratori di cui l'avevamo circondato. Alcuni li aveva esasperati costringendoli a licenziarsi. Gli altri, i più tenaci, li aveva invece screditati con menzogne che io avevo poi, con grande disappunto, scoperto. Era rimasto solo. Era in fondo quello che voleva perché ancora una volta si potesse dire che Michelangelo era disperatamente solo come nella vita così nella creazione, solo contro tutti e contro il mondo intero. Solo però, va detto, anche ad intascare i lauti guadagni. – disse il papa ironico. – Poi era stata la volta delle cave. Conoscevo Michelangelo e avevo scoperto che aveva già preso accordo coi cavatori di Carrara (che stavano lavorando per lui per la tomba di Giulio II Della Rovere), per lucrare sulla fornitura dei materiali. Pretesi che Michelangelo interrompesse i suoi rapporti con i cavatori di Carrara e si avvalesse del marmo estratto da una nostra cava a Pietrasanta. Poi c'era stato il problema del modello ligneo che arrivò a Roma solo nel dicembre del 1517. Lo aveva portato lo stesso Michelangelo. Volli esaminarlo io stesso ma il mio volto rimase immobile, imperscrutabile. Non mostrare entusiasmo alcuno, tanto meno soddisfazione, quella era la mia vendetta. Dopo quell'incontro erano seguiti anni tragici per Michelangelo e per quella disgraziata committenza. Le colonne per la facciata già sbozzate andavano in frantumi prima ancora di arrivare alla strada. L'impresa si rivelò impossibile ed eccessivamente dispendiosa. Nel 1520 il contratto fu rescisso. Ebbe l'ardire di dirmi, nell'ultimo incontro avuto per la facciata, "non ti metto ancora in conto il modello ligneo della facciata, non ti metto in conto i tre anni perduti in quest'impresa, non ti metto in conto che mi sono rovinato per quel san Lorenzo, non ti metto in conto la vergogna di avermi condotto a questo punto e poi togliermi il lavoro!" –

Così come avviene sempre tra me e Michelangelo, nelle aspre discussioni verbali sia nelle lettere più infiammate, entrambi abbandoniamo titoli e formalità. L'onda devastante della rabbia fa risalire la lingua delle origini, il tu, i nomi confidenziali dell'infanzia e l'antica familiarità usata nella casa dello zio. Venendo quasi meno al rispetto per la dignità cardinalizia, quel giorno lo interruppi ma mi trattenni dal colpirlo al volto per la sua insolenza, sì mi trattenni, in fondo era intenzione mia e del papa Leone affidargli subito un altro incarico, sempre in San Lorenzo. – disse Clemente con aria di voler chiudere il discorso.

Poi ebbe un sussulto di pensiero e fissando il vuoto terminò a bassa voce, quasi parlando tra sé – e per questo lavoro ha rischiato di morirci appresso. –

Sebastiano era di nuovo accanto a lui.

La zizzania

La serpe allora si attaccò a quel pugno di parole appena pronunciate… morirci appresso.

Il papa lo intuì dal sinistro bagliore degli occhi ed ebbe paura. Ma c'era Sebastiano, lui poteva testimoniare, doveva farlo. Chiuse gli occhi e ordinò al cocchiere di tornare al palazzo vescovile.

– Morirci appresso…. – disse Pietro senza nemmeno continuare la frase.

– Che altro volete da sua Santità?– gridò turbato Sebastiano che aveva pure capito dove l'Aretino sarebbe andato a parare e sapeva che l'argomento non era evitabile– che altro volete? Volete forse parlare di Raffaello? –

– Voi l'avete detto … – disse Pietro sibilando.

– Quando tutto accadde mi sembrava che non la pensaste così – disse il papa che intanto si era un po' calmato.

– Ho imparato a conoscervi meglio, al contrario di costui – disse Pietro indicando il pittore – che più vi sta appresso meno vi conosce – poi fissando Sebastiano duramente – svegliatevi dall'incantesimo, amico mio! Che sia morto quell'altro, Raffaello, e non voi è solo una pura casualità. Voi evidentemente eravate destinato non alla morte ma alla perenne schiavitù. Il papa ha cominciato ad usarvi da allora, non ve ne siete ancora accorto? Vi ha usato entrambi. Raffaello ci è morto, voi siete sopravvissuto, ma come?–

– Falsità – disse svelto Sebastiano quasi a voler chiudere il discorso.

– Ma allora quale delle due tavole eseguite per l'allora cardinale Giulio de' Medici – disse indicando il papa – vinse la sfida? La vostra o quella di Raffaello? –

– La mia! – gridò quasi senza fiato Sebastiano.

– E allora, se ne siete così convinto, perché vi agitate tanto, amico mio? E secondo il vostro parere, Santità? – disse sorridendo con malizia puntando gli occhi sul papa.

Il papa esitò e per Sebastiano quell'attesa fu una ferita. Lo guardò con occhi imploranti.

– Non rispondete Santità, perché mai esitate? – chiese Pietro incalzante.

– Partì per Narbonne la tavola di Sebastiano... – disse Clemente con incomprensibile freddezza.

– Non vuol dire nulla... – rispose Pietro.

– S'era deciso che partisse la tavola che avesse vinto la sfida... – lo incalzò il papa.

– Ah – disse Pietro trionfante gettando lo sguardo annoiato fuori dal finestrino – volete attenervi alla freddezza di un regolamento che avete adattato voi alla situazione. Ma voi non mi avete ancora detto qui ed ora che fu Sebastiano, senza ombra di dubbio, ad aver vinto la sfida...e allora spiegatemi questo Santità...ora, vi sembra un premio aver mandato la tavola di costui a Narbonne, dove mai nessuno a meno che non decida di intraprendere un lungo viaggio la vedrà? Come mai invece il dipinto di Raffaello è rimasto ben visibile a Roma dove chiunque voglia imparare il mestiere lo possa copiare o chiunque voglia ammirarlo possa farlo senza problemi? –

Sebastiano guardò il papa incredulo. Dubitò di lui? Non è lecito saperlo. Certo ingoiò un amaro boccone.

– Siete ancora persuaso Sebastiano di aver vinto la sfida contro il divino Raffaello?– chiese Pietro insinuante.

Sebastiano non rispose nemmeno con un cenno. Si sedette me stamente e tuffò il volto nelle mani.

La zizzania 2

– Sta solo cercando di mettere zizzania fra di noi – disse Clemente con dolcezza all'amico. Poi allungò un braccio e indicò agli altri due un punto lontano nella campagna.

Pietro e Sebastiano strinsero appena gli occhi e videro ciò che si doveva vedere in quel momento e solo in quel momento. Videro Roma. Ma non chiesero come fosse possibile visto che in effetti Roma era a decine di miglia da San Miniato.

– Sapete fare anche prodigi? – chiese Pietro al papa.

Roma doveva esser lì per loro.

– Roma, dove tutto fu deciso. – disse il papa – L'appartamento del papa mio cugino. Dove questa vicenda è nata e dove, forse va detto, non è mai giunta a conclusione...Avevo appena ottenuto l'arcidiocesi di Narbonne. Volevo lasciare un segno in quella città –

– Un segno vostro o della famiglia? – chiese Pietro.

– Della famiglia – rispose il papa con sincerità.

– Anche se non ci sareste mai andato?... – rise Pietro – di chi fu l'idea di mandare un quadro a Narbonne? –

– Mia, ma papa Leone scelse il pittore ed io, sebbene non amassi Raffaello, lo accontentai. –

– Come sempre... –

– Come sempre – puntualizzò il papa con convinzione.

– Continuate...vi prego – fece tendendo la mano.

Continuò tuttavia Sebastiano con un filo di voce e mentre parlava fissava intensamente il volto del papa quasi a volergli attribuire le parole che di lì a poco avrebbe pronunciato.

– Leone X scelse ovviamente l'amato Raffaello che già per lui stava completando le Stanze, riedificando San Pietro, sovraintendendo le antichità di Roma. Lui, Raffaello allora era ancora la gloria quieta, il mito incarnato. Anche se, vero Santità...? l'avevamo già osservato nei suoi ultimi lavori negli appartamenti papali... l'aria s'era un po' increspata, gli angeli s'erano fatti pesanti, guerrieri ed erano apparsi lampi di luce più acidi, contrastanti, e lo spazio...s'era fatto meno quieto e solenne, portava lontano, chissà dove... –

Il papa annuì gravemente. – Il tema scelto fu inizialmente la Trasfigurazione del Cristo sul monte Tabor, in quanto prefigurazione della Resurrezione, profezia di salvezza, e dunque omaggio al papa Medici, Leone che avrebbe curato le piaghe dell'umanità. – (fig. 7)

– Dunque come si arrivò a voi? – Sebastiano con la mano fece segno all'Aretino di attendere.

– Il cardinal de' Medici volle rivedere la scelta del soggetto. La Trasfigurazione non gli bastò più. La famiglia doveva avere maggiore risalto. Il *Christus Medicus* doveva platealmente guarire i giusti e i sofferenti di questo mondo e insieme trionfare nella prefigurazione della Resurrezione, vera gloria nel mondo. Pretese che Raffaello aggiungesse alla Trasfigurazione la scena della guarigione del piccolo ossesso: dove, per troppo poca fede avevano fallito gli apostoli, aveva trionfato il Cristo Medico con la guarigione del bambino posseduto dal diavolo. Raffaello avrebbe dovuto dunque dipingere due scene in una, due luoghi in uno – disse gesticolando.

–Avete dunque preteso da Raffaello un miracolo: raccontare insieme la storia e il dogma il divino e le vicende umane logore e sporche di dubbio e di poca fede – disse Pietro.

– Il dubbio, la paura, la poca fede e la gloria – mormorò il papa.

– Ripeto, e Sebastiano come venne? –

–Voi che sapete tutto, Pietro, non conoscete già questa storia? –

– Voglio che me la raccontiate voi due che ne siete stati i protagonisti nel bene e nel male... –

Parlò Clemente –Fu Michelangelo a instillare il dubbio...che la scelta di Raffaello non fosse stata quella buona...Avresti dovuto scegliere Sebastiano Veneto, mi disse in un momento di confidenza, ma puoi ancora dargli l'incarico, io gli sono amico, lo consiglierò perché ti realizzi una tavola migliore di quella che ti potrà fare Raffaello. Michelangelo detestava Raffaello... –

– E voi ci siete caduto... –

– Siete meschino...non si trattava di cadere in alcun tranello. L'idea mi parve eccellente, conoscevo Sebastiano per essere un ottimo pittore. Ne sarebbe nata una sfida. Avrei ottenuto da entrambi il meglio... –

– E questo non vi sembra meschino?– chiese Pietro.

– Niente affatto. Avrei pagato entrambe le tavole ma solo una sarebbe partita per la Francia – disse il papa guardando Sebastiano per tranquillizzarlo.

– Siete il primo uomo che abbia osato mettere Raffaello a confronto con qualcuno – fece Pietro.

– Ma avete conosciuto bene Raffaello? – chiese il papa.

– Certo! – disse Pietro con aria di sfida.

– Non bene allora...perché tutto si sarebbe potuto dire di Raffaello ma non che egli fosse superbo. Per quanto io non lo amassi, il suo talento era troppo puro e vero per consentire la superbia. Una quercia imponente o un cipresso affusolato possono solo svettare senza peccato. Nemmeno quando gli chiesi di modificare il soggetto mi parve preoccupato. –

– E invece io sono persuaso che sia stata quest'umiliazione a portarlo alla morte prematura...lo hanno detto... –

– Se si dovesse credere a quello che si sente a Roma..., proprio voi sostenete questo?, voi che siete il principe della maldicenza inventata ad arte!.. comunque l'idea della seconda tavola dipinta che all'inizio mi aveva riscaldato e blandito con un tepore segreto e gratificante, ad un tratto divenne fuoco che divampa, smania, impazienza e assoluta necessità di realizzazione immediata. E Sebastiano, quasi leggesse nei miei pensieri s'era messo subito al lavoro. –

Intervenne Sebastiano –Pregai il comune amico Leonardo del Sellaio di comunicare a Michelangelo, che si trovava già intabarrato fra le tempestose cave di marmo delle Apuane, che avevo accettato la committenza del cardinal de' Medici. E Michelangelo mi rispose che stessi in guardia, conosceva bene Raffaello. La guerra, se così si può parlare, era cominciata – disse Sebastiano.

– È il vostro pittore, Santità che parla di guerra...e voi vi meravigliate che io compianga Raffaello, l'unico caduto di questa guerra? – disse Pietro indicando Sebastiano.

– Fu rivalità...forte, ma solo rivalità...e Raffaello non morì certo per quel dipinto... –

Continuò Sebastiano – Discussi col cardinale del soggetto, una Resurrezione di Lazzaro. Un altro *Christus Medicus*. (fig. 8) Credo che quel periodo, per tutti gli appassionati intenditori o anche solo curiosi di cose d'arte che frequentavano la corte di Leone, del cardinale de' Medici e lo studio mio e di Raffaello un periodo appassionante. La corrispondenza fra me e Michelangelo in quel periodo fu molto intensa. I suoi consigli mi giungevano sotto forma di disegni e non cadevano mai inascoltati.

Tra i due, chi temette di più fu colui che in effetti aveva maggiormente da perdere, Raffaello, il più celebre, e temette, nonostante l'apprezzamento continuo che riceveva dal papa attraverso sempre nuove committenze. Temeva la fama di ritrattista che m'ero fatto a Roma, ma doveva temere ancora di più i disegni che certo mi aveva dato e che continuava a darmi Michelangelo che stava a Firenze o forse a Carrara ma che tuttavia era in qualche modo lì a Roma, almeno in spirito e aleggiava come un fantasma maligno. –

– Non sono sicuro, Sebastiano, che egli avesse paura. Senza nulla togliere al vostro talento e a quello di Michelangelo. Credo piuttosto che egli fosse... infastidito... Comunque Raffaello iniziò il proprio lavoro assai in ritardo rispetto a voi – precisò il papa.

– Certo il problema dei due soggetti non dovette essere facile da risolvere se non voleva cadere nella consuetudine dei predecessori di ripetere la stessa figura più volte. Si disse che quella vicenda del confronto lo stesse logorando e che cercasse con ogni mezzo di far saltare la sfida senza però dar l'impressione di volersi ritirare. Cercò di evitare che le due opere alla fine fossero mostrate insieme, affiancate – fece Aretino.

– Lo spirito di Michelangelo – disse il papa quasi scherzando – continuò a volteggiare a lungo nelle fantasie di Raffaello e dei pettegoli finché qualcuno disse di aver visto proprio materializzarsi Michelangelo nello studio di Sebastiano. No, non era un fantasma! o un sogno, ma era Michelangelo in carne e ossa! Che dite amico mio? – fece il papa guardando Sebastiano per allentare un po' la tensione.

– Sì, Michelangelo entrò con una folata di neve nel mio studio in una notte di gennaio del 1518 e Voi Santità eravate con lui, senza abiti curiali intabarrato come un uomo qualunque...e i vostri occhi per chi avesse voluto guardarli brillavano di eccitazione. –

Il papa sorrise a quel ricordo. – Guardammo l'opera ormai a buon punto, l'ammirammo incondizionatamente... i "consigli" di Michelangelo, non mi erano affatto sfuggiti, li avevo immediatamente individuati e riconosciuti. Se uno dei giovani ignudi della volta della Sistina un giorno decidesse di scendere sulla terra ebbene, il vostro Lazzaro potrebbe egregiamente prenderne il posto. Un vostro assistente, ricordo, si scandalizzò della confidenza che concedevo a Michelangelo, che tra di noi ci si desse del tu, ricordate? A luglio comunque, la vostra opera era praticamente ultimata mentre si diceva che quella di Raffaello fosse molto indietro. –

– Poi, – disse Pietro riportando tutti alla realtà – poi la sfida ebbe invece un esito del tutto imprevedibile. –

– La pubblica esposizione dell'opera di Sebastiano fu un vero trionfo che lasciò tutti senza fiato, anche mio cugino Leone che in cuor suo credo parteggiasse per l'Urbinate. –

– Eppure Raffaello morì a soli trentasette anni. –

– ... prima che potesse completare del tutto la sua tavola – concluse Sebastiano.

– Il Venerdì Santo del 1520, la notizia della morte di Raffaello piombò come un fulmine sui sacri palazzi e li scosse veramente dalle fondamenta lasciando il papa Leone incredulo e prostrato … – disse Clemente.

– Prima delle esequie solenni, – continuò Sebastiano – la grande tavola della Trasfigurazione fu posta alle spalle del catafalco con le spoglie mortali dell'artista. Fu per chiunque una visione sconvolgente …anche per me. Quell'uomo aveva radunato in sé tutte le fortune… il talento, la bellezza, la grazia, l'intelligenza, ed ora si contemplavano insieme quel povero corpo e il suo ultimo lavoro incompiuto. –

– Voi sapete…. – disse Pietro guardando il papa.

– Come posso non sapere? Certo, non lo abbiamo già detto?– gridò il papa – Sì, so che molto si parlò della morte di Raffaello, delle cause possibili, della fatale coincidenza con il Venerdì Santo. Era all'apice della gloria, era il favorito del papa, era un artista amato da tutti. Secondo voi era mai possibile che non si facessero illazioni sulla sua morte precoce? Siete miseramente banale, Pietro, sono pettegolezzi da mercato…non ve ne rendete conto?… Volete che ve lo dica io stesso? Va bene , vi accontenterò e voi mi guarderete negli occhi a leggere la mia sincerità….So che si disse che la mia committenza e la sfida con Sebastiano lo avessero umiliato a tal punto da morirne... – disse scuotendo la testa – si disse anche che fu proprio quella tavola incompiuta, il compito eccessivo che gli avevo richiesto a distruggerlo… Non capite l'assurdità della cosa? Non ne provate vergogna?

Dissero, altra sciocchezza, che l'esser morto il giorno stesso di Nostro Signore fosse conferma della sua vicinanza al Cielo. Era davvero il divino Raffaello? Ma, va detto, vi fu chi vide anche un segno negativo del Cielo, una punizione per i tanti eccessi, soprattutto amorosi, che si diceva, l'Urbinate avesse praticato.

Consumato dai troppi amori. Voi, Pietro, celebre amatore, mi direte che non avete mai visto nessuno morire nel letto di una cortigiana. E io voglio darvi regione…non credo sia morto di eccessi. Credo che la causa sia molto più banale. Morì dopo alcuni giorni di febbre alta. Quanti mali ci sono ancora ignoti…Ogni tanto bisogna pur inchinarsi di fronte alla tragica banalità della vita, vero Pietro? Alle malattie che ci inchiodano ad un letto o al sepolcro.

Addolora tuttavia pensare che ci sia ancora qualcuno come voi che pensi ancora che io stesso o il quadro che gli comandai l'abbiamo condotto a morte… – disse il papa sconsolato.

Ci fu un istante di silenzio, un silenzio che durò troppo e che tuttavia fu interrotto dall'arrivo della carrozza al palazzo vescovile.

La porta della carrozza si aprì e il papa discese. Guardò verso il sole e respirò a pieni polmoni. Non era stanco ma era quasi il tramonto e si accorse di avere fame. Stare all'aria aperta gli aveva messo appetito. Quando salì le scale col suo passo leggero e ancora atletico per raggiungere l'appartamento che gli era stato riservato non vide né Pietro Aretino né Sebastiano Veneto.

Un dolore premeva sul cuore del papa. Non essere riuscito a dire in tempo all'amico Sebastiano guardandolo negli occhi che lui stesso aveva deciso di far partire la tavola della Resurrezione per Narbonne. E allora perché non era riuscito a dirlo chiaramente? Perché non proclamare ora incondizionatamente la sua vittoria? Inutile incolpare il destino e l'arrivo della carrozza al palazzo vescovile. Gli spiaceva anche che Pietro Aretino avesse posto l'attenzione sul fatto che a Narbonne la Resurrezione di Lazzaro non l'avrebbe più vista nessuno mentre il quadro di Raffaello, in san Pietro in Montorio a Roma sarebbe stato a disposizione di chiunque, anche per essere copiato. Si dolse di non aver parlato, di aver esitato ancora. Si pentì di non esser stato più pronto per l'amico. Avrebbe evitato un'ulteriore umiliazione di Sebastiano. Malo carattere il suo!

Gli fece male anche ricordare, cosa che avvenne durante la cena, del giorno in cui le due tavole furono inutilmente affiancate nel palazzo della Cancelleria dove allora risiedeva da vicecancelliere. Inutilmente perché la morte di Raffaello aveva purtroppo tolto ogni senso al pubblico confronto. Fu come se tra le due opere fosse stata illuminata solo quella del Sanzio. L'emozione per la morte dell'Urbinate aveva travolto tutto, come un fiume in piena. Vittoria e sconfitta avevano perduto il loro significato ed erano divenute del tutto sinonimi. Chi avrebbe più potuto dire ragionevolmente, anche a distanza di tanti anni, a proposito di quella sfida – Se Raffaello non fosse morto…? – Non ebbe nemmeno senso chiedersi se quella sfida fosse stata dunque una sconfitta per Sebastiano, come forse avrebbe voluto fargli dire Pietro Aretino? Nessuno avrebbe potuto dirlo, perché la tavola del veneziano era effettivamente un capolavoro assoluto, così alto da travalicare qualunque categoria o classifica. Certo il fatto che la Trasfigurazione fosse l'ultima opera di Raffaello e anche così difficilmente, aspramente lontana da tanti altri suoi capolavori precedenti, conferì a quella tavola una fascinazione straripante e difficilmente superabile. Il problema era semmai questo: chi mai avrebbe osato dire che il dipinto del divino e compianto Raffaello fosse di qualità inferiore a quella del Luciani?–

Verso la notte

Inutile dire che quella cena si trascinò penosamente ed in silenzio. Ad ogni pensiero un nuovo rimpianto.

La sensazione bruciante di aver deluso l'amico pittore, di aver prima chiesto il suo aiuto senza poi dargli il giusto riconoscimento nel confronto con Pietro Aretino e nel ricordo dell'eterna sfida con Raffaello, non lo abbandonava. Il breve concerto di strumenti ad arco che aveva richiesto per cercare di allontanare la molestia di quei pensieri in realtà lo infastidì. Alla terza richiesta di che ora fosse, decise afflitto di coricarsi. Almeno quella sera non aveva male allo stomaco, come invece spesso gli succedeva negli ultimi mesi. Gli avevano detto che suo padre spesso aveva male allo stomaco…

Quei dolori allo stomaco, i suoi, però gli facevano presagire che sarebbe finito così. Con dolori sempre più acuti e con il male, una specie di fuoco che si sarebbe divorato piano piano il suo stomaco. Non sarò più in grado di inghiottire nulla. Rimetterò in continuazione. Soffocherò nel mio stesso vomito. Morirò così. Ho previsto esattamente il decorso della malattia del giovane Lorenzo prima e meglio di tutti i dottori che Alfonsina ha chiamato al capezzale del figlio moribondo all'Ambra. Sono in fondo un Medici. Anzi, forse sono il miglior Medicus di tutta la stirpe! Un medicus dell'anima. Aveva salvato la famiglia e Firenze mille volte dalla rovina; aveva sanato i mali col miele del Mito e della Bellezza. Temeva questa volta di esser diventato un profeta, il profeta della propria fine. Adesso vedeva con la chiarezza lucida e delirante insieme che era stata di Brandano di Campo dei Fiori nella primavera del 1527 la desolante fine che lo attendeva, il letto imbrattato di vomito e degli umori che accompagnano senza eccezioni la vecchiaia, anche quella del pontefice. Come Brandano di Campo dei Fiori quel giovedì santo! Un'altra maledetta giornata d'aprile come tante maledette giornate d'aprile nella sua vita. Lui stava impartendo la benedizione ai romani: si sentì un grido, lancinante. Le guardie lo avevano circondato temendo per la sua vita. Lui aveva voltato la testa fulmineamente a destra, a sinistra, per capire l'origine di quel grido.

Davanti alla Basilica, sotto gli occhi del mondo, il terrore lo aveva preso alla gola. Le guardie mi sono attorno nulla può accadere.

Un altro grido diresse il suo sguardo con sicurezza verso la statua di San Pietro. Strinse gli occhi per riconoscerlo. Eccolo, il predicatore, il profeta, Brandano di Campo de' Fiori, completamente nudo, avvinghiato alla statua del Santo. Clemente impallidì.

– Bastardo!! – urlò ancora Brandano. Ancora quel nero d'origine che lo faceva vacillare.

– Bastardo! Sodomita!– continuò a gridare Brandano, – per i tuoi peccati Roma sarà distrutta; confessati e convertiti! Se tu non lo vuoi credere, fra quattordici giorni lo vedrai. – Poi Brandano si era rivolto alla folla: – Roma, fai penitenza!!. Con te si procederà come con Sodoma e Gomorra! –

Bastardo e illegittimo lo ero,.. sodomita no davvero....

Poi le guardie presero il predicatore e lo trascinarono giù dalla statua. Lo imbavagliarono e lo portarono via....troppo tardi perché era iniziata l'ora lunga del Giudice supremo e inflessibile dimentico di ogni misericordia. Quel giorno di primavera del 1527 Clemente, ritirandosi nei propri appartamenti ancora sconvolto, era sprofondato in angosciose riflessioni. Cercò se stesso. – Veni, pax!, veni iustitia! Ubi terrarum vos requiram?–

Brandano. Pazzo o profeta? Il papa in verità non lo aveva ancora capito.

Però due settimane dopo Roma era stata messa a ferro e fuoco e fu come la fine del mondo.

Quella notte del 17 settembre 1533, a San Miniato lo spogliarono. Quella notte però avrebbe voluto finire da solo. Finire.

Verso la notte 2

Licenziò tutti con ansia e quando anche l'ultima persona uscì dalla sua camera attese un poco accanto alla finestra e si perse in un cielo trapuntato di stelle. Sperò di essere raggiunto. Ma sperò o temette? da chi poi? Tutti nomi di affetti e nomi legati a rimorsi.

Saliva intanto dalla finestra il vasto concerto sommesso della campagna che non dorme.

Provò a pregare ma si perse più di una volta, le parole gli si addormentavano in bocca in un mormorio che sembrava il balbettare di un bambino in fasce...

Aspettare, sopravvivere, ma la misericordia non viene...non è mai venuta...pregare per i morti, almeno per loro se non per quelli che provano ancora...

Pregare col pensiero fu anche peggio, tutto si sfaldava, si scioglieva come neve al sole.

– Bastardo! – e fu come un colpo di moschetto alle spalle.

Si voltò di scatto. Seduto sul suo letto stava Pietro Aretino. Sebastiano mancava. Dov'è Sebastiano?

Pietro non poteva saperlo, non rispose, non fece nemmeno un cenno.

– Si è offeso? –

Nessuna risposta. Ma forse la domanda non era nemmeno stata posta...

– Hai detto tu "bastardo"? – chiese il papa. Passò al "tu".

Pietro non rispose ma i suoi occhi sembravano dire – Chi altro? –

Clemente fu scosso da un tremito ma volle affrontare Pietro. Non indietreggiò, anzi, salì sul letto accanto a lui, ma senza parlare. Fissava Pietro intensamente negli occhi.

– Non vi siete ancora abituato a questo epiteto, Santità? Eppure lo avete sentito pronunciare molto spesso... –

Non raccolse la provocazione. – Non credo che nessun uomo possa abituarcisi. –

– Vi fa male, vero? Tutto nasce lì, non è vero? – chiese Pietro in un crescendo di tono della voce e di tensione.

– Che cosa nascerebbe lì? – chiese il papa cercando di mantenere la calma.

– Ma tutto, Santità! ogni vostro respiro, ogni vostro giorno nero, ogni vostra esitazione, ogni vostro dubbio che ha fatto franare la cristianità nel baratro da voi creato! Dite, quale vostro predecessore ha condotto la situazione a un punto tale da costringere il Cattolicissimo imperatore ad invadere e saccheggiare Roma? –

– Era un esercito ormai fuori controllo…morto il Conestabile di Borbone. –

– Eppure qualcuno li ha mossi, Santità, qualcuno con cui, recentemente, siete venuto a patti, a Barcellona. –

– Non mi pare – disse il papa – che i patti firmati con Carlo V fossero per me così disonorevoli. –

– È ciò che ha stupito il mondo!.....eppure la durezza delle minacce dell'imperatore ce la ricordiamo tutti. Erano minacce dirette a voi solo, alle vostre improvvide alleanze francesi….ne valeva la pena? alla scarsa decisione con cui avete affrontato il diffondersi delle idee luterane…se solo… –

– Se solo cosa, Pietro? – lo interruppe il papa – se solo avessi convocato il concilio che l'imperatore chiedeva a gran voce da tempo? Siete anche voi persuaso che la convocazione di quel concilio avrebbe risolto qualcosa? Avrebbe semmai ritardato di un po', ma non avrebbe risolto nulla…. –

– A me potete dirlo, Santità. Perché non avete accolto le richieste di Carlo V? – chiese Pietro insinuante.

– Avete già dimenticato le sciagure e lo scisma accaduti sotto Giulio II? La divisione apportata in seno alla cristianità fu causata da un concilio, non dimenticatelo. Le ferite erano ancora troppo fresche per rischiare di riaprirle di nuovo. Sarei stato solo un pazzo a pensare di sanare una frattura, rompendo la parte sana rimasta. – Rabbrividì – Di fronte a Dio Onnipotente un giorno avrò molto da farmi perdonare e sicuramente la responsabilità del Sacco di Roma è da ascrivere in gran parte a me e a me soltanto, ma in coscienza ho veramente creduto che il concilio non potesse risolvere alcunché. Può dire altrettanto l'imperatore? Può in coscienza dire di aver tentato tutto entro i propri confini per fermare il dilagare dell'eresia luterana? –

– Dite voi la verità piuttosto, Santo Padre. –

– Come osi? Di quale verità stai parlando? – chiese il papa fulminando Pietro con lo sguardo.

– Ditemi la vera ragione per cui non avete convocato il concilio che tutti attendevano. –

– Vuoi farmi dire ciò che non è vero e che non solo non ho mai fatto ma nemmeno pensato. Fai sfoggio della tua celebre maldicenza!, Pietro. Visto che sembra che tu sappia di me molte cose che io stesso ignoro, avanti, dimmi tu perché non ho convocato il concilio. – disse il papa con inspiegabile tranquillità.

Pietro si trattenne un istante e poi sibilò – Perché siete un figlio illegittimo, e voi sapete benissimo Santità, che se aveste convocato il concilio i vostri oppositori avrebbero invalidato probabilmente la vostra elezione che si basa a sua volta su un cardinalato illegittimo. Sanno tutti che... –

– Sanno tutti che cosa? – chiese il papa alzando la voce.

– Sanno che i vostri genitori non si sarebbero mai sposati nemmeno dopo la vostra nascita...non c'era nessuna promessa di matrimonio, vostro padre si era fidanzato con l'Appiani, il Magnifico stesso aveva firmato il documento. Vostro zio mentì quando fu il momento di farvi cardinale... –

– Miserabile...non sei altro che un miserabile... –

– Non mentite a voi stesso, voi sapete, sapete perfettamente che i vostri nemici avrebbero impugnato non solo la vostra elezione a pontefice ma anche il cardinalato....una tragedia per voi, Santità. –

– Sono menzogne –

–Fu una truffa –

– Taci! –

– Ammettete! –

– Non ho nulla da ammettere – disse il papa senza urlare ma coprendosi il volto desolatamente con le mani. – Ma se solo... –

I Pazzi, quella maledetta domenica

– Se solo vostro padre non fosse morto quel giorno….vero?…. la vostra vita sarebbe stata tremendamente diversa, questo potete ben dirlo, questo ve lo concedo, Santità – disse Pietro quasi conciliante – tutto dipende da quel giorno, ogni nodo della vostra esistenza fu avviluppato quel giorno, tutto sta in quella maledetta domenica… il vostro triste oriente…In effetti, anche voi Santità è come se quel giorno foste morto. Quel giorno nel ventre dell'inconsapevole Flora stava un piccolo cadavere… –

Il papa cercò di rimanere calmo –Pensi di sapere tutto anche di quel giorno, Pietro?, pensi di saperne più di me? –

–Voi però in effetti quel giorno non c'eravate, dovevate ancora nascere, Santità. –

–Tu pure, mi pare. –

– Ma quello fu il giorno del destino non solo per voi Santità,…di quel giorno molto s'è detto e scritto. Quel giorno è ormai Storia –

– Non certo per me, per me fu molto di più… E quindi? Ti ripeto, pensi di saperne più di me? –

– Era una mattina ventosa – disse Pietro con un colpo di scena che spiazzò Clemente – le nuvole bianche pesanti eppure vitali scorrevano su un cielo blu di lapislazzulo…ve lo dissero? –

Il papa si alzò di scatto e andò verso la finestra. Si premette la mano destra sul cuore. – Quale stregoneria è questa… – sussurrò fissando l'oscurità – per quale stregoneria mi parli di quel cielo, come fai a sapere…il dolore di un figlio incastonato in un cielo lapislazzulo, le mille volte che avrei voluto fissare il cielo di quel giorno su Santa Maria del Fiore con gli occhi di mio padre, sentire il vento sul viso e pensare che quello stesso vento, la stessa insolente folata aveva accarezzato anche lui, il volto del mio povero padre. E invece ogni giorno di vento di questa mia vita da allora in poi per lui è stata sconosciuta, io vivo nel tempo, lui no. Lui è stato inchiodato a quella maledetta infinita giovinezza sporca di sangue. –

– Quella mattina di vento, – continuò Pietro – una domenica mattina, comunque, la morte piombò a tradimento nel glorioso giardino dei Medici. Nella cattedrale di Firenze. Fu un sacrilegio perché il tradimento e l'omicidio furono compiuti in chiesa. –

– Da allora nulla fu mai più come prima. Alla messa solenne in cattedrale lui non avrebbe dovuto partecipare. Si era recentemente ferito ad una gamba durante una battuta di caccia al cinghiale e aveva anche male allo stomaco da alcuni giorni. Si scoprì che la congiura si sarebbe già dovuta compiere alcuni giorni prima a Fiesole, durante un banchetto. Mio padre stava già male e i congiurati, ospitati tutti nella villa dei Pazzi a Montughi, dovettero cambiare i loro piani. La messa in cattedrale l'avrebbe celebrata, insieme all'odiato arcivescovo di Pisa, il giovane Francesco Salviati, il diciassettenne cardinal Raffaele Riario, nipote Sisto IV, allora molto ostile ai Medici. –

– Eppure non c'era sempre stata ostilità fra i Medici e Sisto IV Della Rovere, vero? – chiese Pietro.

– C'erano stati al contrario almeno all'inizio buoni rapporti, cortesie e, da parte di mio zio, molte speranze in quel nuovo papa, un francescano di Savona, un dotto teologo che nell'agosto del 1471 era succeduto a Paolo II Barbo. Lorenzo sperava nella conferma del monopolio sulle vendite dell'allume papale alla Tolfa, nel mantenimento del privilegio di depositario pontificio e forse nella porpora cardinalizia per mio padre.

Pochi giorni dopo l'elezione di Sisto, in settembre, Lorenzo era partito subito per Roma per rendere omaggio al nuovo papa. Furono giorni di pace e il papa donò allo zio due antichi busti. –

– Poi – lo interruppe Pietro – l'equilibrio tra Roma e Firenze si ruppe.. –

– E chissà se un giorno, staccando il cuore dai fatti e osservando le circostanze con maggiore lucidità si potrà dire che ciò avvenne per troppo amore dei propri congiunti o forse per un amore semplicemente mal indirizzato. – disse il papa sconsolato. – Sisto IV aveva comunque ormai deciso di circondarsi esclusivamente dei suoi parenti più stretti, specialmente dei figli di sua sorella Bianca della Rovere e della nipote Violante Riario. Pietro Riario e Giuliano della Rovere furono fatti subito cardinali e Girolamo Riario, il prediletto, laico, fratello maggiore di Pietro, sempre figlio di Bianca doveva diventare, nelle intenzioni dello zio papa, signore di gran parte dell'Italia centrale. Sisto IV volle acquistare per lui la contea di Imola da Taddeo Manfredi. Chiese un prestito al Magnifico. Lorenzo non poteva in alcun modo approvare quell'annessione. Anzi, avrebbe voluto Imola per Firenze. Non concesse pertanto il prestito al papa. Cominciarono allora le ostilità... –

– Cosa accadde?–

– Lo sai benissimo, Sisto IV, incapace di accettare quel rifiuto, si rivolse allora ai Pazzi e alla loro filiale di Roma. I Pazzi colsero al volo l'occasione e concessero subito il denaro al papa rivelando il proprio antico, anche se ben celato, antagonismo coi Medici. Imola passò a Girolamo.

– Non rimaneva che farla pagare a Lorenzo de Medici e a suo fratello Giuliano. – concluse con crudezza Pietro.

– Per farlo adeguatamente, Sisto aveva però bisogno di alleati e soprattutto di buone ragioni. Avrebbe potuto scegliere fra una fulminea vendetta, una guerra dall'esito incerto o il "semplice" ribaltamento del governo di Firenze. Girolamo Riario infatti, dopo inizi tanto facili, cominciava a covare un sogno troppo grande, forse impossibile anche per l'orgoglio cieco dello zio: estendere il proprio principato a tutta l'Italia centrale e scegliere come nuova capitale proprio Firenze – disse il papa staccandosi dalla finestra. – Hai mai veduto l'affresco di Melozzo nella biblioteca papale che ritrae papa Sisto e i suoi familiari? –

Pietro sorrise e annuì.

Clemente continuò e ripensando a quell'affresco disse – Il lampo di luce ferrea e indifferente che si coglie negli occhi del biondo Girolamo che nell'affresco è l'unico della sua famiglia a non guardare o fiancheggiare il papa e a non aver nemmeno bisogno di chiedere, è forse una labile traccia di quel sogno smisurato e dell'eccessiva certezza nell'amore infaticabile dello zio papa. Le sue mani, ricorda, le sue mani non le si vede, solo si intuiscono intrecciate e sprofondate nelle ampie maniche, sono abituate a muoversi nell'ombra, nell'intrigo, non devono mostrarsi. Il papa agisce per lui. Quell'affresco risale ai giorni in cui fu preparata la congiura e io... –

– E voi? –

– E io ho sempre cercato di leggere in quegli occhi traccia di quel complotto... – poi con la mano agitata davanti al volto provò come a cancellare quel pensiero un po' infantile. – Sisto trovò gli alleati della sua smisurata vendetta in Federico da Montefeltro e in Ferrante di Napoli. A Federico il papa s'era appena legato da parentela: un suo nipote aveva sposato la figlia di Federico. E così aveva ottenuto Urbino.

Non si era ancora giunti allo scontro diretto, ma la guerra, per tutte quelle vie sottili e subdole che la corteggiano e la costruiscono, era avviata e la sua strada era pericolosamente in discesa e priva di evidenti ostacoli. Almeno dal 1477, essa parlò molte lingue, quella dell'invidia, del rancore, dell'odio, del denaro, del commercio, delle rivendicazioni territoriali, delle mire espansionistiche, dell'ambizione e infine della vendetta famigliare... – poi il papa tacque.

Parlò allora Pietro – Il primo a rompere gli indugi fu naturalmente Sisto che cercò di farsi ben comprendere da una famiglia di banchieri quali voi siete. I Pazzi sostituirono i Medici come banchieri della camera apostolica. Due anni dopo, giocando sulla propria insoddisfazione sulla vendita dell'allume, Sisto concesse ai Pazzi anche quel monopolio. –

Clemente fissò Pietro infastidito – Lorenzo, contrariamente alla propria indole, scelse la vendetta, anzi, la provocazione e replicò facendo promulgare a Firenze una legge che privava fra molti altri, Giovanni de' Pazzi, dei ricchissimi beni della moglie Beatrice Borromeo, erede unica del padre. Mio padre, lo so perché me lo disse Lorenzo stesso, più saggiamente, lo aveva sconsigliato ma senza successo. Dagli interrogatori successivi emerse che Sisto affermava di voler solo capovolgere il governo di Firenze ma suo nipote Girolamo non nascondeva invece di volere eliminare Lorenzo e mio padre. Con le stesse intenzioni gli si affiancarono Francesco de' Pazzi e l'arcivescovo di Pisa Salviati, fedele ai Pazzi e ostile ai Medici che avevano sempre ostacolato la sua ascesa prima a Pisa e poi alla cattedra di Firenze. –

– L'idea del complotto nacque dunque nel 1477 – disse Pietro.

– Inizialmente, – continuò il papa – il decano e capo famiglia dei Pazzi, il vecchio Jacopo, giocatore, bestemmiatore e gran mercante e uomo profondamente concreto, non aveva voluto unirsi all'impresa. Lui che forse di tutta la sua famiglia aveva meglio capito, perché li conosceva perfettamente, gli umori e gli amori di Firenze, sapeva che Firenze non avrebbe mai aperto le braccia al nipote del papa se non per stritolarlo. Solo quando comprese che il papa e il re di Napoli avrebbero appoggiato anche militarmente la congiura, il vecchio Jacopo si fece coinvolgere. –

– Il papa approvava ma, apparentemente, senza volere, mi sembra, la morte di mio padre e dello zio. –

– Giovan Battista da Montesecco, condottiero mercenario, lontano parente di Girolamo Riario, accettò in un primo momento di unirsi ai congiurati convinto dall'apparente facilità dell'impresa. Secondo i giovani Pazzi, Firenze avrebbe risposto con senso di liberazione al rovesciamento dei Medici; avrebbe atteso quell'opportunità. Montesecco fu mandato a Firenze con la scusa di una sosta di passaggio sulla strada per la Romagna. Invece era lì per reclutare alla causa della congiura il maggior numero possibile di fiorentini scontenti ed indecisi, per conoscere meglio gli obiettivi dell'attentato, i fratelli Medici e per valutare, da esperto uomo d'armi, i luoghi, i tempi e le modalità dell'azione. –

Giunto a Firenze, Montesecco ebbe l'invito del Magnifico e in pochi giorni ne rimase conquistato. Montesecco, il congiurato meno coinvolto, il mercenario, quello che avrebbe dovuto agire freddamente e soprattutto per denaro, fu in verità l'unico a farsi travolgere dai dubbi. Giunse a dubitare delle ragioni e dell'opportunità del gesto. Poi, quando ormai fu troppo tardi, giunse a rifiutarsi di uccidere i Medici in chiesa, in Santa Maria del Fiore. Ebbero meno scrupoli di lui due giovani preti che accettarono di occupare il suo posto e attaccare il Magnifico. – Il papa chiuse gli occhi disgustato.

– I congiurati ormai c'erano. Era necessario trovare l'occasione. Ancora meglio fu trovata un'esca – disse Pietro per provocare il papa.

E il papa cadde nella trappola –Un'esca? – chiese infuriato girandosi di scatto verso Pietro.

– Sì, fu un'esca e voi dovreste saperlo più e meglio di ogni altro, Santità! Non siete ancora sinceramente persuaso della innocenza di quell'uomo? O semplicemente non volete credere all'evidenza? Non vi aprì il suo cuore molti anni dopo? Dite la verità qui e ora una volta per tutte...se siete qui ci sarà una ragione. –

Clemente lo guardò spaventato.

– L' Ultimo Giorno vorrete pur dire la verità! –

– L' Ultimo Giorno? Non sei certo tu quel Giudice, Pietro!–

– Nemmeno voi! –

– Basta! –

– Eppure, io non voglio credere che ancora oggi la responsabilità di quel giorno d'aprile in cui morì Giuliano de' Medici gravi per voi ancora sulle spalle di Raffaele Riario – disse Pietro alzando il tono della voce. – Per lui fu un peso insopportabile...quel sospetto. –

– E per me allora?, io quel giorno persi il padre, la dignità e tutto – gridò il papa.

Tacquero entrambi.

Si guardarono ostili, poi Pietro continuò. – L'occasione della visita del giovane cardinale Riario parve però opportuna in quei giorni a vostro zio Lorenzo per riavvicinare Firenze a Roma. –

– Non puoi mancare!– aveva affettuosamente detto il Magnifico a mio padre. Ma Giuliano non si sentiva. Lorenzo gli aveva stretto appena il braccio, quasi un'implorazione. – Vedrò il cardinale quando tornerete qui dopo la messa – aveva risposto stringato, appena sorridente Giuliano. Sapeva infatti che Raffaele Riario era un grande appassionato d'arte e aveva chiesto espressamente a Lorenzo di poter visitare la sua famosa collezione di antichità. – Lo vedrò al banchetto, vai tu fratello! – aveva ribadito. Lorenzo infine cedette. Andò coi suoi amici in cattedrale, era tardi. – Il papa contorceva nervosamente le mani. – Era già dentro e passeggiava conversando col Poliziano quando gli dissero che il cardinale lo aspettava per errore al palazzo di via Larga. Come era possibile? Uno spiacevole fraintendimento. Non c'era tempo di spazientirsi. Lorenzo tornò di corsa a casa e ricevette l'ospite all'ingresso. Mio padre era a letto. –

– Lorenzo e Raffaele si guardano intensamente. –

Il papa guardò Pietro incredulo. – Come fai a sapere questo? Chi mai te lo ha raccontato. Chi ti ha detto questi dettagli dell'anima? Comunque sì, Raffaele Riario, cardinale di San Giorgio, era allora un giovane dagli occhi chiari, sicuri e scintillanti ma non feroci, già al culmine della potenza e della ricchezza. Si sapeva che amava il buon vino e giocare ai dadi, che vinceva e perdeva enormi cifre, che amava l'arte sopra ogni cosa, Chiesa e prozio papa compresi. –

– Ci fu un sorriso e qualche parola amichevole. L'inizio di un'epoca di pace? Raffaele Riario era forse l'uomo giusto? L'uomo della svolta? Il mediatore affidabile ed equo dopo anni d'incomprensioni? A Lorenzo che conosceva tutta la ferocia della famiglia Riario Della Rovere, quel giovane cardinale sembrò già dal primo incontro un'eccezione. Uno squarcio di luce nella notte. Ma era presto per giudicare. Preferì sospendere il giudizio, non è vero Santità? Arriviamoci alla messa, arriviamoci, togliamoci questo peso dal cuore....E poi era davvero tardi. Il Magnifico, accompagnato dal cardinale, dal fratello di questi, dall'arcivescovo Salviati, dal conte Giambattista Montesecco e da alcuni dei Pazzi che in quei giorni a Firenze ospitavano Riario, si diresse con molto seguito verso la cattedrale. Il cardinale ammirò i palazzi di Firenze. Ditemi! perché vostro zio deve avervelo detto che quella di Riario fu un'ammirazione sincera perché la sua voce quel giorno sembrava incrinata dall'emozione. Lo disse?, lo raccontò vostro zio? –

Il papa annuì agitato – Sì lo disse, entrarono in duomo ed ognuno prese il proprio posto. Iniziò la messa. E mio padre mancava. Per chi sapeva che cosa deve presto accadere quell'assenza era inaccettabile – disse con la voce appena incrinata. – Bernardo Baroncelli e Francesco de' Pazzi uscirono dalla chiesa e tornano a palazzo Medici. Giuliano non poteva mancare. Lo persuasero. Dove aveva fallito il Magnifico ebbero la meglio inspiegabilmente loro, i nemici. Lo fecero alzare da letto ed uscirono insieme da palazzo Medici seguiti dai servi di Giuliano. Lungo la strada Francesco cinse un braccio attorno a Giuliano, un gesto apparentemente amichevole ripetuto chissà quante volte in passato, durante i banchetti, le battute di caccia al cinghiale, le feste, le giostre e le mascherate, quando fra le due famiglie non c'era ancora animosità.

Ma quella mattina l'abbraccio – disse il papa con tono schifato – fu per sentire se mio padre indossava una corazza di protezione sotto la camicia bianca. Nessuna spada perché avrebbe battuto sulla gamba ferita in una battuta di caccia che gli doleva ancora. –

– Pensate a quel quadro?– chiese Pietro.

– Quale quadro? – chiese il papa stralunato – leggi allora nei pensieri? È vero allora?–

– Ben altro abbraccio in quella Adorazione dei Magi del Botticelli che tante volte avete ammirato nella cappella di Lami, Santità, ben altro abbraccio aveva cinto le spalle di vostro padre, – disse Pietro – vostro padre elegantissimo e flessuoso appoggiato alla spada e Angelo Poliziano che da dietro lo abbracciava sorridente e gli sussurrava qualche parola scherzosa all'orecchio. Ma nel dipinto l'abbraccio era quello di un amico, il migliore, quello che lo avrebbe incastonato nel mito. Lasciate – fece Pietro con un eloquente gesto della mano, continuo io – Giuliano entrò in chiesa zoppicando. Appena incurvato per il male allo stomaco, pallido e senza il consueto splendore. Il Magnifico rimase forse incredulo nel vederlo lì. –

Il papa si fece forza – Si guardarono e fu l'ultima volta ma loro non lo sapevano. –

– Poi Giuliano, come al solito, per maggior sicurezza, prese posto lontano da lui, vicino alla porta che dà su via dei Servi. Sempre insieme, ma mai vicini. Perché, se qualcosa fosse accaduto, uno dei due doveva sopravvivere. Un Medici deve sopravvivere per la famiglia, per la casa, per Firenze. E fu proprio quel che avvenne quella mattina.

Ite, missa est! E fu proprio Bernardo Baroncelli, quello che aveva convinto Giuliano ad uscire di casa, a balzargli addosso e a pugnalarlo per primo. Anche Francesco de' Pazzi lo colpì con diciannove pugnalate. –

– Perché lui e con tanta ferocia? perché mio padre? Perché il secondogenito dei Medici? perché quel giovane dio che amava ed era riamato e stava per avere un figlio? – si chiese il papa affondando il volto nelle mani.

– Nella furia Francesco si ferì gravemente ad una gamba. Giuliano morì in un lago di sangue. Attorno subito il vuoto. Urla e panico. L'arcivescovo Salviati si allontanò di corsa dall'altare per uscire dalla chiesa. Il cardinal Raffaele Riario si buttò invece sotto l'altare singhiozzando come un bambino mentre gli uomini dei Pazzi gli facevano scudo. Vi sembra sinceramente un comportamento di congiurato, Santità? – tacque un istante poi riprese – Lorenzo era troppo lontano per vedere ma capì che qualcosa di molto grave stava succedendo accanto a lui. Due preti che gli passavano accanto lo aggredirono, ma lui ebbe la prontezza di scansarsi e di estrarre lo spadino. Lo ferirono sul collo, sotto l'orecchio destro. Fuggì il Magnifico e con un balzo saltò una barriera di legno. Corse verso il coro della cattedrale e poi alla sagrestia nord per barricarsi dietro le pesanti porte di bronzo coi suoi fedelissimi. Antonio Ridolfi provò, a rischio della vita perché il pugnale poteva essere stato avvelenato, a medicargli la ferita succhiandogli il sangue. –

Continuò il papa – Lorenzo chiedeva solo di Giuliano. – Dov'è mio fratello? L'avete visto? come sta? qualcuno l'ha visto? È fuggito? C'è riuscito? Di chi era quel grido? Era la sua voce quel grido? Perché m'è sembrato che fosse la sua voce?. L'amico Sigismondo Della Stufa salì per la scala a chiocciola che dalla sagrestia portava all'organo. Da lì, dall'alto poté finalmente vedere nel supremo silenzio interrotto solo dal proprio respiro ansimante, l'interno della cattedrale ormai deserta. Nella penombra, il corpo immobile di Giuliano e, davanti alle porte di bronzo della sagrestia, gli amici accorsi, i Tornabuoni e i Martelli armati, che chiedevano di poter entrare per aiutare Lorenzo. Le porte della sagrestia si aprirono e Lorenzo fu fatto uscire attorniato dai suoi. Lo circondarono per proteggerlo ma anche per impedirgli di vedere lo scempio del corpo di Giuliano. Corsero a palazzo Medici. Per i corridoi della casa di Via Larga solo le urla folli di Lucrezia Tornabuoni, mia nonna, che chiamava invano quel suo figlio ucciso. La follia riempiva, esondando, i pensieri di Lucrezia e le faceva invocare in un'estrema speranza quei santi che più di vent'anni prima il Baldovinetti aveva schierato attorno alla Vergine per proteggere il piccolo Giuliano di cui si celebrava la nascita e che ora stavano chiusi in un assurdo e freddo silenzio sull'altare, là nella casa di

Cafaggiolo ancora disabitata prima dell'estate. Lorenzo era davanti ai suoi occhi, insanguinato, ma salvo. Ma Giuliano no. Le avevano detto che era morto, ma dov'era? Forse respirava ancora, si poteva ancora salvare! – Trovatelo, portatelo qui da me! Qui da sua madre! Solo una madre... –

Giuliano era ancora in chiesa, solo. L'orrore e la paura avevano impedito all'amico Angelo Poliziano che gli era passato a fianco fuggendo, la pietà di chiudergli gli occhi, di coprirlo almeno con un mantello. Angelo era fuggito inorridito. Meglio non vedere e ricordare soltanto. Meglio addormentare il dolore nel mito e nella cadenza infallibile dei versi. – Sopravvivere quattro anni al proprio figlio è quasi una bestemmia se non a Dio almeno alla Natura. È troppo – mi disse mia nonna un giorno, nella stralunata maturità dei miei quattro anni.

Il mese successivo finalmente, anche Lucrezia Tornabuoni rese l'anima al Creatore e raggiunse di nuovo il suo Giuliano. –

Il dubbio

– Chi vi raccontò tutto? – chiese Pietro.

– Chiedi cose che sai, a quanto pare!–

– Vostro zio, ma certo. –

– Lui c'era, ma anche gli amici di mio padre, Angelo Poliziano in primis... –

– Non vi è mai sorto il dubbio che il suo resoconto fosse viziato? –

–Viziato? Cosa stai insinuando?– chiese il papa alterato.

–Viziato, quello che ho detto. Siete sicuro che il suo racconto fosse obiettivo? –

– In quel giorno dannato Lorenzo ha perso il fratello e quasi rimesso la vita. Mi sembra che potesse essere un testimone attendibile... – disse il papa alzandosi.

Pietro lo interruppe – Appunto, lo avete detto voi, ci ha quasi rimesso la vita, quasi, lo ripeto. Perché non è morto lui? – Il papa capì dove Pietro voleva arrivare e rosso in volto con la mano gli chiuse la bocca – Non t'azzardare! Sei un cane, questo non te lo consento! Non un dubbio, non un sospetto su mio zio e sulla sua memoria! La sua sofferenza per quel che era accaduto a mio padre lo ha accompagnato fino alla morte...e io quella sofferenza l'ho toccata con mano...

Pietro si liberò della mano e disse velocemente – E non potrebbe esser stato rimorso? –

– Rimorso? Ma cosa dici! Non lo uccise lui! –

– Ma lui era il primogenito, lui aveva il potere! – disse urlando Pietro e incombendo anche fisicamente sul papa – Lui avrebbero dovuto uccidere per primo i congiurati! Non vostro padre! Questo non ve lo siete mai chiesto? Mai Santità? Avete creduto alla sua versione per tutta la vita? Non avete mai dubitato? Mai un dubbio? Mai Santità? Mai dubitato che l'ambizione di vostro padre disturbasse il suo Magnifico fratello? –

– Ambizione?–

– Vostro padre non era ancora sposato ed era il secondogenito, eppure aveva commissionato un dipinto al Botticelli per celebrare la nascita del proprio figlio illegittimo, voi eravate la primavera del mondo… voi Santità… Non mi sembra che il Magnifico abbia fatto la stessa cosa per il proprio primogenito Piero.

Il pugnale, quel pugnale che uccise vostro padre non potrebbe esser stato mosso dall'invidia del fratello?–

Il papa cadde seduto di schianto. Scuoteva la testa incredulo e non parlava, fissava spaventato Pietro. Poi balbettò, – fu solo il destino, un destino crudele…morì mio padre per primo. Lui, mio zio, lo ferirono, era un'azione combinata, si salvò solo perché fuggì e perché chi lo colpì fu meno veloce. Fu solo una mera questione di momento e di posto sbagliato. Il pugnale più rapido – disse il papa stringendo gli occhi come se quel pugnale lo sentisse conficcato nella propria carne – fu purtroppo quello vicino a mio padre….quello che indugiò era presso il Magnifico. –

E abbassò la testa avvilito. Poi involontariamente si toccò il capo sulla tonsura…, e fermò la mano lì, immobile.

Pietro capì al volo – Lo colpirono lì?– chiese quasi con dolcezza.

Clemente annuì col capo. – Colpirono un uomo che pregava inginocchiato durante la messa… quello fu il primo colpo, fatale. Gli altri inutili, ma vennero anche quelli. Diciannove in tutto –

– Voi dunque siete persuaso?–

– Del tutto – disse il papa con gli occhi che bruciavano – che Dio mi perdoni, non posso dubitare nemmeno per un istante, quel che accadde prima e quel che accadde poi fu troppo grande e troppo doloroso, coinvolse stati e città per anni e anni, la congiura ci fu e fu dei Delle Rovere e dei Pazzi…che Dio mi perdoni, zio perdonatemi, non posso dubitare di Voi. Lorenzo rischiò anche in seguito la vita per far uscire la verità di quella congiura. Ci furono guerre, interminabili guerre e il rischio concreto di perdere la vita e Firenze per uscire da quel giorno maledetto. Credete davvero che se avesse voluto eliminare il fratello mio zio non avrebbe potuto trovare un modo meno rischioso anche per sé oltre che per Firenze? –

Tacque.

Poi guardando Pietro disse – Quel che piuttosto trovo imperdonabile è che talvolta, senza riuscire mai a confessarlo nemmeno a me stesso, mi sono trovato chiedermi perché quel giorno non si salvò mio padre e non rimase ucciso Lorenzo– disse il papa singhiozzando. – Voi zio, mi avete accolto come un figlio eppure io ... peggio di Giuda… –

– Perdonate, perdonate…tutti hanno perdonato tutto, fatelo anche voi, con voi stesso e con gli altri, con chi sapete voi – e fu un soffio.

Di Sebastiano.

L'ultimo canto delle sirene, Savonarola non perdonò

– No, non tutti perdonarono – disse il Papa guardando con sollievo Sebastiano – non tutti hanno trovato quella forza. Nemmeno Savonarola, che in molti dicevano santo. Lui non perdonò Lorenzo e Lorenzo non gli aveva fatto nessun torto. Lui però non gli concedette l'assoluzione dei peccati in punto di morte – disse il papa fissando il pavimento.

– C'era Gerolamo Savonarola quel giorno accanto a Lorenzo? –

– Sì – annuì il papa gravemente. Fu solo quel giorno, e io non saprò mai perché il frate salì a Careggi dove moriva Lorenzo. Se lo fece perché lo chiese l'amico Giovanni Pico o fu per scelta personale. Fu per farlo morire ancora peggio? Lorenzo comunque aveva cominciato a morire da tempo…–

Pietro e Sebastiano capirono che il papa voleva parlare della morte del Magnifico.

– L'inverno tra il 1491-92 era cominciato male per Lorenzo. – disse Clemente – La podagra che lo affliggeva da molti anni, almeno dal 1474, era peggiorata. I bagni cui si era sempre sottoposto anni addietro, anche in compagnia di sua madre Lucrezia, non erano stati che un blando e temporaneo palliativo. La febbre che era cominciata in dicembre non s'abbassava più. Aveva dolori lancinanti alle articolazioni delle dita delle mani, dei piedi e delle ginocchia. A volte, anche il peso delle coperte gli risultava insopportabile. Lo si sentiva urlare dalla sua camera al piano terra del palazzo di via Larga che stava fra il grande cortile e il giardino. In quella camera stava rinchiuso giornate intere senza mai uscire. Lì mangiava e sbrigava gli affari e non mancava di ricevere i veri amici. Non riusciva quasi più a salire ai piani superiori se non portato a spalla. Quell'inverno si era aggiunto anche il mal di stomaco con crisi che sembravano non volerlo più lasciare. Lorenzo, un tempo alto e possente, il torace largo le gambe muscolose, dal portamento fiero e dal passo sicuro, si era penosamente incurvato e quando riusciva ad appoggiare i piedi per terra zoppicava. I capelli folti, corvini, appena ondulati di cui un giorno andava così orgoglioso si stavano ingrigendo. Il colorito olivastro del volto che gli conferiva una espressione così volitiva si era spento e spesso, la barba non fatta, invecchiava ancora di più il suo aspetto. Anche l'umore era cambiato. La sua leggendaria vitalità era sfumata. I servi insofferenti dicevano che in casa c'era "mattana", ma i suoi dolori erano diventati davvero intollerabili. Unico ricordo della sua giovinezza e del suo temperamento lo sguardo sempre fermo e acuto, semmai più doloroso.

Il suo medico Piero Leoni, suffragato dal famoso Lazzaro da Pavia inviato per un consulto da Ludovico il Moro, non sapendo più che cosa tentare gli somministrò per vari giorni polvere di perle disciolta nel vino che lui amava, ma purtroppo senza alcun beneficio.

Nei primi giorni dell'anno Lorenzo decise penosamente di ritirarsi da ogni attività e di circondarsi esclusivamente dei suoi affetti. Accanto a lui c'era la sua amatissima sorella, la prediletta, la Nannina Medici Rucellai che ormai spesso si fermava anche la notte nel palazzo di Via Larga. C'erano i suoi figli Lucrezia, Piero con la moglie Alfonsina, e l'ultimogenito tredicenne Giuliano.

Giovanni ed io eravamo studenti a Pisa. Lorenzo però ci fece chiamare.

Il ritorno di Giovanni, nominato cardinale in pectore, fu l'ultima festa per la famiglia ma Lorenzo, costretto ormai a letto, non riuscì a parteciparvi. Potè solo udire i festosi rintocchi della campane di tutta Firenze e i canti che risuonavano per le strade della città. Il diciassettenne Giovanni fu accolto trionfalmente dal fratello Piero e dai notabili fuori le mura della città come un principe della chiesa, quale in effetti ormai era. Fu poi accompagnato all'Annunziata da tutti i vescovi di Toscana e, attraverso una lunga processione, prima al palazzo della Signoria e poi a quello di via Larga quando ormai era sera e ovunque si accendevano fuochi e torce.

Quella sera il portone del palazzo di via Larga si chiuse pesantemente alle sue spalle e Giovanni vi si appoggiò stravolto ma felice, era finalmente a casa. Il volto largo e sorridente, gli occhi miopi appena socchiusi a capire chi gli fosse accanto oltre a me. Salimmo di corsa le scale come era accaduto mille volte in passato perché ancora, per quella serata, terminate le formalità e le cerimonie, sarebbe tornato ad essere solo Giovanni e dopo la cena intima e festosa, si sarebbe seduto con i fratelli e con me ai piedi del letto di Lorenzo.

Il giorno dopo vi fu una messa solenne in Santa Maria del Fiore . Al termine della funzione, Giovanni e i membri della Signoria e dei Consigli andarono ad omaggiare Lorenzo nella sua camera. Lorenzo affidò Giovanni al vecchio precettore Gentile Becchi. Benedì il figlio, lo abbracciò e lo lasciò partire col suo folto seguito sotto una fitta pioggia primaverile che volle considerare ben augurale. Ovviamente con Giovanni sarei partito anche io.

Non appena rimasto solo Lorenzo chiamò il segretario per scrivere una lettera per Giovanni. Consigli e paterne raccomandazioni per il giovane cardinale. Le parole che non era riuscito a dirgli guardandolo negli occhi per l'ultima volta. La missiva sarebbe partita l'indomani e avrebbe incontrato il giovane destinatario lungo la via per Roma.

Giovanni,
devi essere molto obbligato a Dio, e anche tutti noi dobbiamo esserlo per causa tua, perché oltre ai molti benefici ed onori che ha ricevuto la nostra famiglia da Lui, Egli ha fatto sì che in te noi possiamo ammirare la nostra maggior gloria [...] E perciò la mia prima raccomandazione è che tu ti sforzi di esser continuamente grato a Dio, ricordandoti ad ogni ora che non i tuoi meriti, né la tua prudenza o la tua sollecitudine, ma mirabilmente solo Dio t'ha fatto cardinale, e da Lui tu lo riconosca adattando questa condizione privilegiata alla tua vita che deve essere santa, esemplare ed onesta.[...]
So che andando a Roma che è origine di tutti i mali, tu incontrerai molte difficoltà [...]
È necessario che tu fugga, come Scilla e Cariddi, il nome dell'ipocrisia e del pubblico biasimo. Scegli un giusto stile di vita [...] non mostrando austerità o troppa severità. [...] Oggi consegno in tutto mio figlio, te Giovanni, a Dio e a Santa madre Chiesa. Perciò è necessario che tu diventi un buon ecclesiastico e faccia capire a chiunque col tuo comportamento che ami l'onore di Santa Chiesa e della Sede Apostolica innanzi a tutte le cose del mondo; e non credo ti mancherà il modo con questa riserva, d'aiutare la città e la famiglia perché per questa città è importante l'unione con la Chiesa e tu devi essere in ciò una buona catena e la famiglia se ne gioverà così come la città.
Stai sano.

La lettera partì e arrivò al destinatario il giorno successivo. Cadeva ancora una pioggia sottile e continua e Giovanni e io leggemmo la lettera con profonda commozione in una tregua della marcia verso Roma. Ci stavamo asciugando alla misera fiamma di una stazione di posta. Guardandoci fummo certi che quello fosse l'addio di Lorenzo. Poi, giorni dopo, venimmo a sapere che egli aveva voluto trasferirsi a Careggi. Un segno chiaro come il sole. –È la fine – mi disse Giovanni commosso.

Adesso, in effetti, si trattava di vivere senza Lorenzo.

Ma Giovanni ed io, da sempre inseparabili, fummo d'accordo subito su una cosa: qualunque cosa fosse successo, prima di tutto veniva Firenze e con essa la famiglia, la casa, la sola e l'unica. Firenze era la famiglia Medici. – disse il papa guardando con sfida Pietro. – Ad un certo punto, proprio a Firenze, tra coloro che erano rimasti al suo fianco, fu chiaro, quando le giornate cominciarono ad essere più lunghe e la pioggia un poco più tiepida, che anche la primavera del 1492, come quella del 1478, non avrebbe portato né zefiro né letizia e che presto il meraviglioso, tormentato frastuono che era stata la vita di Lorenzo, il suo sole allo zenit e le mille tempeste sarebbero declinate in una preghiera sussurrata, in lunghe meditazioni e poi in definitivo silenzio.

Il carnevale di quell'anno, l'ultimo veramente fastoso prima di quello ormai celebre del 1513, più che divertirlo lo infastidì. Tuttavia non volle rinunciare a seguire dalle finestre bagnate di pioggia e faticosamente sorretto dai servi, la grandiosa processione che sfilava fradicia per via Larga. Sono convinto che non lo fece per fame di vita, perché quella ormai si era placata, era cosa passata. Era diventato semmai inappetente di vita. E non lo fece nemmeno per quella straordinaria curiosità per le cose del mondo che stava dietro ad ogni suo respiro e gesto. Lui lo fece più per gli altri che per se stesso, per mostrare che Lorenzo c'era ancora anche se in realtà Lorenzo ormai viveva di ricordi e parlava spesso coi suoi morti: con Lucrezia Tornabuoni la madre amatissima, con cui continuava a scherzare, con suo nonno Cosimo e suo padre Piero un tempo afflitto dal suo stesso male, con cui doveva parlare, finalmente compreso, di comuni sofferenze; con Giuliano suo fratello che sorrideva poco e in effetti, per che cosa sorridere ormai? Giuliano, che senza mostrar di aver perso la propria morbida ostinazione giovanile, sembrava ancora volergli disobbedire anche se con rispetto; Lorenzo parlava finalmente, anche se era tardi, con sua moglie Clarice sempre malinconica e un poco adombrata: perché Clarice sei triste? che hai Clarice? riposa Clarice, stai tranquilla cara, è tutto a posto; e soprattutto con la piccola Luisa, la figlia che forse, fra tutti i suoi, aveva più trascurato perché era sempre occupato a vivere, come se la vita fosse altrove e non lì, nel tiepido abbraccio di Luisa. Luisa finalmente era davanti ai suoi occhi e non smetteva di pronunciare ridendo il suo nome storpiato così come lei e Giovanni facevano veramente da bambini: "Loéncio" gridavano entrambi i bambini, Luisa e Giovanni una correndo l'altro dondolandosi sul suo cavallino di legno dipinto di rosso, dono di un Natale forse lieto e innevato ma ormai troppo lontano per portare buoni ricordi che possano rinfrancare un moribondo. Un cavallino rosso, Giovanni, come il cappello e le vesti che oggi, grazie e Nostro Signore, indossi. – Dov'è Loèncio? – chiedeva per davvero tanti anni prima ripetutamente Giovanni al precettore Angelo Poliziano quando Lorenzo era a Napoli a trattare, sconfortato, la pace per Firenze. Angelo ogni giorno gli scriveva da Cafaggiolo queste cronache familiari per gettare un lampo di luce calda e morbida sulle sue angosciose giornate napoletane.

"Loéncio! Loéncio! Loéncio! Loéncio!..." Era la voce di Luisa. – Luisa, non posso seguirti di corsa nel giardino, anche sotto questa ostinata pioggia di primavera. Fermati Luisa, ti bagnerai, ti ammalerai e tua madre si arrabbierà! Le gambe mi fanno male, non riesco più a camminare, come faccio a correre? Fermati Luisa, aspettami, ti prego! Luisa non andartene! Ora vengo. –

E il vecchio Cosimo, suo nonno che gli intagliava nel legno quello zufolo che tanto aveva scandalizzato gli ospiti olandesi che per quella ragione avevano prolungato la loro anticamera.

E le estati dolci di Cafaggiolo, la meravigliosa, impagabile noia di infiniti pomeriggi troppo caldi e troppo lunghi. Le cavalcate a perdifiato nel Mugello, con Giuliano che faticava a stargli dietro, fino al Bosco dei Frati dove sempre venivano accolti con infinite premure e lì nell'umido fresco del convento stemperavano la calura della corsa. I frati sdentati e sorridenti offrivano il loro vino e il pane croccante con l'olio... e quel Crocefisso di maestro Donatello che faceva tremare i polsi. Quanto gli somigliava, adesso l'Uomo dei dolori. E lui allora non capiva nemmeno che cosa volesse dire l'uomo dei dolori. Dove stava il dolore allora? altrove forse, ma pronto a balzargli addosso. E Lorenzo ripensava, chissà perché, a quelle due meravigliose viti contorte, attaccate tenacemente, quasi con rabbia là, all'ultimo muro in fondo al giardino di Cafaggiolo e alla dolcissima uva che producevano. Rabbia e dolcezza. L'uva di quelle viti era l'ultima memoria dell'estate di Cafaggiolo. Poi si tornava a Firenze, era l'autunno ed un nuovo inverno. Nessun ricordo di glorie vicine e lontane, nessun orgoglio sporcato dai compromessi, solo l'oro più caldo delle memorie tutte familiari e private. Anche gli amori fugaci, lui amante appassionato e vivace, gli amori di notti lontane e giovanili a Careggi, tante donne, dieci, cento meravigliose Nencie di Barberino tornite, sode e odorose di erba, donne che lui ormai chiamava tutte Nencie ma che ormai sicuramente non avevano più un volto cui aggrapparsi coi ricordi e forse neanche un corpo. Morte forse giovani, rugose e senza denti. Le serate con gli amici, davanti ad un camino di Careggi, le novelle piccanti o stralunate improvvisate per trascorrere una sera senza affanni, le battute di caccia, le uccellagioni, la scrittura mai abbastanza praticata. E i cavalli, gli stalloni magnifici che aveva fatto venire dall'Egitto per le giumente napoletane e Morello, l'amato Morello che non mangiava quando lui non c'era e il cane Buontempo, il preferito delle sue numerose mute. Buontempo. Avere! Volere più Buontempo!

Tutto si affollava, senz'ordine e soprattutto senza misericordia. La tregua della pioggia e i primi raggi più coraggiosi e convinti di un sole che già preannunciava una stagione più mite, parvero sollevare gli animi di tutti, ma non il suo che ormai da tempo si misurava in un gioco tanto ostinato quanto infantile con l'inverno a chi dovesse per primo morire e per primo cedere alla dolcezza pungente che aveva da venire.

E quando ormai i ricordi per lui divennero a seconda o troppo amari o troppo dolci e più familiari di quanto non lo fosse l'aria, il cibo e la presenza dei suoi stessi figli, Lorenzo decise di andare là dove quarantatré anni prima era nato e dove forse era giusto morire. Decise di andare a Careggi dove anche suo nonno Cosimo e suo padre Piero avevano voluto morire. Perché Careggi era in fondo il mito suo e dei suoi ed un luogo più che del mondo dell'anima: dove altro si deve andare quando il corpo ormai cede e svapora fra mille dolori? Una sera di inizio primavera, un triste corteo di carri, muli e cavalli uscì dal portone di via Larga. Lorenzo de' Medici lasciava per sempre Firenze.

Firenze, accorri, Firenze piangi!, perché Lorenzo se ne va per non fare più ritorno!

Sulla sua carrozza c'erano sua sorella Nannina e Lucrezia sua figlia. I sobbalzi del viaggio lo tormentarono, fu una via crucis. Se ne stava ad occhi chiusi coperto fino al mento con una pelliccia, febbricitante.

"E il lupo tornava al suo deserto – diceva – venuta, sparita Diana."

Era il delirio di un febbricitante, ma forse lui avrebbe risposto, a chi glielo avesse chiesto, che era la vita, la sua vita. Si dolse con la Nannina di non poter più rivedere la sua amatissima Ambra, la vecchia casa di Poggio a Caiano cui lo legavano ricordi di una vita più vera e più semplice, ma anche la casa nuova che Giuliano da Sangallo stava costruendo e che sarebbe stata mirabile, un sogno dell'anima. Con quella casa Lorenzo chiudeva in fondo un conto con l'edificazione di straordinarie fabbriche che suo nonno prima e suo padre poi avevano aperto. A Careggi Lorenzo rimase alcuni giorni, peggiorando, e fece chiamare subito Marsilio per leggere un'ultima volta ancora Platone e per trovare, illudendosi, un qualche conforto a quella che lui stesso non esitava a chiamare paura. Un tempo avrebbe pagato qualsiasi cifra per poter avere la certezza di concludere la vita dicendo come suo nonno Cosimo: *Liberiamoci in fretta, spiriti celesti desiderosi della patria celeste, dai lacci delle cose terrene, per volare con ali platoniche e con la guida di Dio, alla sede celeste dove contempleremo beati l'eccellenza del genere nostro*. Cosimo, morente, a Careggi aveva invano atteso, negli ultimi giorni di quella estate, che Marsilio terminasse di tradurre il Filebo di Platone e salisse alla villa conducendo con sé il testo con cui sperava di raggiungere in extremis la vera felicità e di ricongiungersi al Creatore col cuore in pace.

Lorenzo ormai era forse il primo a sapere che i tempi del Ficino a Firenze erano ormai tramontati e che i giovani filosofi come Pico e purtroppo, costava dirlo, l'oscura predicazione del Savonarola, avrebbero cambiato definitivamente l'assetto del mondo che lui stesso aveva contribuito a creare. E lui da quel sogno, da quell'illusione in cui forse anche aveva creduto, almeno da 1478 si era tragicamente risvegliato.

Ma a quel punto, dove stava la pace? L'aveva cercata invano dopo la morte di Giuliano, di Clarice, di Luisa e degli amici che ormai non si contavano più, negli anni duri per la famiglia e per Firenze, nei tempi di guerra, ma l'anima non riusciva ad essere serena: e la consolazione dov'era?

Aveva riletto Platone e gli antichi ma non si sarebbe mai fatto presentare a Dio da Platone perché l'anima, la sua, allora, non era affatto serena. Nonostante tutto, il canto armonico delle sirene non riusciva a sentirlo distintamente. Poteva anche forse dirsi grato a Platone, ma dov'era la filosofia degli antichi quando moriva Giuliano e lui si vendicava barbaramente coi congiurati e Firenze? E quando lui e la sua famiglia erano in pericolo, la peste dilagava e la carestia, le cavallette facevano morire di fame i bambini della città?e dov'era quando, nel 1472, i soldati mandati e pagati da lui radevano al suolo Prato e uccidevano indistintamente uomini, donne e bambini?

Perché allora non si udiva la musica dei pianeti e delle sfere celesti? Perché niente era chiaro e piano e alcune scelte crudeli erano sembrate un tempo apparentemente inevitabili?

Lorenzo lesse e meditò lungamente, guardando spesso dalla finestra verso il prato che là a Careggi lui chiamava delle sirene. Con Poliziano che spesso saliva alla villa, citava Ovidio, emozionato, come ogni volta che praticava la Bellezza. Tornava, nei suoi pensieri di morente, la primavera dei Medici, ma come straziante ricordo, memoria di fiori raccolti per una ultima volta, come quelli sparsi dalla bellissima Flora nel dipinto che il Botticelli aveva concluso dopo la morte di Giuliano.

Sperava forse che la primavera, che realmente era appena iniziata, arrivasse vera, dolce, struggente, piena. La primavera della vita che corre, va e non torna, come tante volte aveva scritto col groppo alla gola e col cuore gonfio di ansia e mali ricordi mescolati ai migliori. Anche questa primavera andrà e anche se poi verrà la stordente estate, molte cose se ne saranno andate, le più dolci. Se n'era andata alla fine dell'età dell'oro anche la giusta Venere degli orti. Ultima fra gli dei aveva lasciato, incredula, con la primavera la terra. Non c'era più posto per gli dei, per la giustizia e per l'oro che piove dal cielo e cresce sugli alberi dei sacri giardini.

Quando, la mattina del 7 di aprile Lorenzo comprese, fissando gli occhi della sua Nannina che quel giorno s'erano fatti più bui del solito, un cielo senza stelle, che ormai era questione di ore, mandò a chiamare non Marsilio bensì Angelo Poliziano e Giovanni Pico e, stringendo loro le mani, pianse amaramente. Non trovò in effetti che poco fiato e poche parole che dovette trovare lui stesso miserabili e insufficienti per interrompere così bruscamente la loro grande amicizia fatta di discorsi che volavano alti e quel rapinoso moto dell'anima.

Il pomeriggio del 7 Lorenzo chiese un sacerdote.

Ed ecco che entrò nella sua camera, del tutto inatteso, il Savonarola che era salito la mattina a Careggi con l'amico Pico ma che era rimasto fino ad allora fuori dalla camera di Lorenzo.

Era ormai da più di un anno che il monaco ferrarese attaccava Lorenzo dal pulpito nelle sue feroci prediche. Denunciava i suoi vizi, tutta la sua vita, le azioni del governo che da lui prendeva le mosse, l'arte blasfema di cui si circondava. Nelle sue visioni terribili spiegate alla folla che veniva ad ascoltarlo sempre più numerosa, turbata, ma ormai dipendente dalle sue parole, annunciava che stava iniziando il tempo della fine del mondo, della punizione. La scure del taglialegna, diceva citando l'evangelista Luca, stava per troncare il ramo ammalato.

Non si trattava del giardiniere mediceo che pota con amore le piante perché nuovi rami della famiglia crescano più forti e rigogliosi. Non si trattava più dell'amato broncone di Lorenzo. A nulla era valsa la mediazione col Savonarola di Rucellai, di Valori, di Bonsi e di Vespucci che avevano ricordato, in un privato incontro col monaco, come fosse stato proprio Lorenzo nel 1489, a richiamarlo a Firenze con molte insistenze verso i suoi superiori. Il Magnifico era stato sollecitato dal conte Pico che dopo la condanna di Innocenzo VIII alle proprie tesi aveva bisogno dell'appoggio di un sacerdote, almeno a quei tempi, di indubbia ortodossia. I superiori di fra' Gerolamo avevano a lungo esitato, almeno un anno, perché conoscevano la durezza inflessibile del monaco, la sua potenziale pericolosità.

Gerolamo in quel colloquio aveva bruscamente risposto, riferendosi al Magnifico – Io sono forestiero, lui cittadino e il primo della città. Non me ne curo, io ha a stare, lui da andare. Io stare, non lui. –

L'estate del '93 fra' Girolamo era divenuto priore di san Marco.

Una rinsaldata consuetudine voleva che il nuovo priore andasse a far visita al capo della famiglia Medici che di San Marco aveva il patronato. Fra' Gerolamo però non andò al palazzo di via Larga e nemmeno volle incontrare in san Marco Lorenzo che dopo la messa aveva atteso con pazienza il nuovo priore nel chiostro in compagnia dei suoi amici.

È comprensibile dunque che quando Lorenzo vide entrare nella propria camera il Savonarola rimanesse profondamente turbato ma forse ne fu felice.

Era davvero l'ora della pace? No, nemmeno in quell'occasione, in quell'estremo momento i due si riavvicinarono, né si capirono. Fu un incontro breve e secco, formale. Forse, se Lorenzo ne avesse avuto la forza, avrebbe chiesto al frate ragione di tanto rancore.

Fra' Girolamo si dimostrò freddo e distaccato, come se nemmeno conoscesse il morente e lui fosse lì a recitar il suo ufficio per l'ultimo oste di Firenze. Lorenzo chiese un ultimo conforto dalla fede e dalla chiesa che il monaco lì doveva rappresentare.

– I filosofi non hanno nulla da dirmi che possa consolarmi. –

Ma fra' Gerolamo esortò semplicemente il Magnifico alla fede e al coraggio e pronunciò finalmente l'ufficio dei defunti, ma nemmeno dietro la disperata richiesta dello stesso Lorenzo volle impartire l'assoluzione dei peccati.

– Io certo ho da andare, padre! Ma siete sicuro che voi invece avete da restare?– chiese Lorenzo al frate.

In fondo anche quella era stata una giusta premonizione.

Firenze non avrebbe tollerato per molto quel buio senza remissione che il monaco stava riversando a piene mani e senza pietà sulla città che Lorenzo aveva amato e arricchito di bellezza.

Tempo dopo, un discepolo del Savonarola raccontò pubblicamente l'episodio affermando che il frate, dopo aver ascoltato in confessione i terribili e numerosi peccati di cui s'era macchiato Lorenzo, avesse vincolato l'assoluzione a tre richieste e che Lorenzo avesse accettato le prime due ma rifiutato la terza: il ripristino della libertà di Firenze. Così il frate se ne andò forse senza concedere l'assoluzione.

La sera stessa del 7 aprile su Firenze si abbatté una spaventosa tempesta. Al tramontare del sole era spirato il grecale ma più tardi venne il marino e cominciò a tuonare, poi a piovere e a grandinare. Il vento aumentò e si sentì col tuono un gran fracasso come mai lo si era sentito. Un fulmine aveva colpito la lanterna di Santa Maria del Fiore che rovinò a terra sfondando la volta in cinque punti tra le due porte di Nostra Signora. La lanterna che era stata orgogliosamente issata sulla cupola di ser Filippo nel 1472. Pezzi di marmo grandi come barili caddero sul coro. Il fragore fu terribile e molti i danni ma era notte così non ci furono vittime. La mattina successiva nella sua predica Gerolamo Savonarola affermò di aver avuto, contemporaneamente alla caduta della lanterna, una terribile visione: Una mano nel cielo che brandiva una spada e circondata da un'iscrizione fiammeggiante: *Ecce gladius Domini super terram, cito et velociter.*

– Da che parte è caduta la lanterna? – fu invece l'accorata domanda di Lorenzo pronunciata con un filo di voce quando la notizia giunse a Careggi.

–Verso casa nostra – era stata comunque la risposta distratta della Nannina – ma senza danni per noi… – s'era corretta subito per tranquillizzarlo.

Ma ormai non si trattava più dell'incolumità delle cose. Era iniziato infatti il tempo dei segni. Un segno, (e quello della caduta della lanterna verso palazzo Medici sembrava davvero esserlo), poteva essere in quei giorni fatalmente più importante e decisivo della realtà delle cose.

Lorenzo però, nel sentire la notizia della caduta della lanterna di Santa Maria del Fiore, sentì un forte dolore al petto. Volle interpretarlo come il male allo stomaco che avrebbe dovuto fermare suo fratello Giuliano quella domenica di aprile di quattordici anni prima. L'unica differenza con la fine di Giuliano era che lui adesso non aveva scelta.

Lorenzo morì quello stesso giorno, attorniato dai suoi figli, dalla Nannina e dagli amici che gli stringevano la mano non riuscendo a trattenere le lacrime. Giovanni ed io eravamo ormai a Roma.

La notizia calò lugubre e veloce su Firenze, con lo stesso frastuono della caduta della lanterna di Santa Maria del Fiore .

Appena fra' Girolamo seppe quel che era accaduto, approfittò della predica che stava per tenere per legare la morte del Magnifico alla caduta della lanterna di Santa Maria del Fiore , alla terribile visione che aveva avuto e al delirio che un paio di giorni prima era uscito dalla bocca schiumante di una donna in Santa Maria Novella, che aveva sostenuto di aver visto durante la messa un toro furibondo che con le corna di fuoco distruggeva la chiesa. Poche ore dopo la morte del Magnifico, quando le lettere ufficiali che raccontavano l'accaduto erano pronte per raggiungere noi a Roma, e tutte le corti e le cancellerie italiane e straniere, Piero Leoni, il medico che aveva tentato ogni mezzo che fosse in suo potere per salvare il suo Magnifico paziente, fu trovato morto nel pozzo della casa dei Martelli a san Gervasio.

I suoi calcoli astronomici, aveva raccontato disperato agli amici Martelli, non prevedevano come imminente la morte del Magnifico. Quindi, aveva concluso ormai con la bocca secca d'angoscia e con il cuore a pezzi, doveva essere stata la sua imperizia ad accelerare il decorso della malattia. –

Perdonate

– Il frate non perdonò..., non diede l'assoluzione – disse il papa abbassando la testa – È morto male, Lorenzo, non meritava quella morte. Le sofferenze fisiche non erano evitabili, ma l'anima... quella non meritava di soffrire così. –

– Voi potete cambiare il corso delle cose, Santità, uscite da quegli anni di vendetta – poi guardando Pietro severamente. – Credo sia questo in fondo che vi state chiedendo Pietro. Non siamo qui per questo? –

Pietro si ritrasse in un angolo della stanza infastidito e ringhiando qualcosa di incomprensibile.

Sebastiano lo incalzò – L'avete chiesto con insistenza anche a Sua Santità. C'è un motivo particolare per cui Sua Santità si trova qui in questi giorni di struggente bellezza? E noi con lui? C'è Pietro? Non lo avete ancora capito? Eppure mi sembra così evidente, soprattutto ora...Ci fu un – si trattenne per trovare la giusta espressione – ... l'avete chiamato giorno del destino, mi pare... dovrà essercene un altro e noi tutti ci faremo trovare pronti, con le lanterne accese nella notte. –

Il papa sorrise a Sebastiano. Fu un sorriso disteso e di salvezza. Ma Sebastiano scosse appena il capo, l'espressione seria. – Non siamo ancora in porto – poi indicando la finestra e la notte tranquilla – infuria ancora la tempesta là fuori. –

Pietro scoppiò a ridere –Tempesta? Sento solo i grilli lieti di una calda notte di settembre. –

Il papa abbassò la testa – La tempesta dura da una vita, vedrò mai quel porto? – poi alzando gli occhi verso Sebastiano come ad interrogare un oracolo – Dove siete stato amico mio? – chiese infine con ansia.

– Vi ascoltavo e vi ascolterò ancora. La notte è ancora lunga, per tutti. Anche per noi, Pietro. È una notte buia e senza luna come tutte le vigilie. Le onde si alzeranno ancora. Il pastore dovrà diventare il miglior timoniere e il gregge equipaggio. Tutti dovranno tornare in porto. Torniamo al giorno del destino, Santità, riportateci là... – disse indicando un punto nella semioscurità della camera. Il suo gesto fu imperioso come quello del Cristo che un giorno dipinse proprio per lui. Il Cristo di Narbonne. Anche solo l'ombra di quel braccio stagliata sul muro di quella camera divenne per il papa un segno e a quel segno, come Lorenzo, egli si aggrappò. Ecco il timoniere che afferrava la barra. Il papa comprese perfettamente. Era lo stesso gesto che dava la vita ad Adamo sul soffitto della cappella Sistina e ridava la vita a Lazzaro nel quadro di Narbonne. In quel braccio vi era talmente tanta vita da risvegliare Lazzaro e il mondo intero. Quanto dovevano aver discusso Sebastiano e Michelangelo di quel gesto!...quanta vita...! E lui non lo aveva mai capito. Guardò il muro. No, il muro non c'era più. Si vedeva Firenze e il cielo di lapislazzulo con le nuvole veloci.

– Riportateci là – disse con un sussurro Sebastiano al papa – e rammentatevi che nel giorno del destino il cielo ha da essere di lapislazzulo, questo non dimenticatelo mai. –

Quel giorno

– Il giorno della congiura trascorse in un baleno infuocato, ma fu come se, per Firenze, fosse passato un secolo – disse il papa sedendosi ed invitando gli altri due a fare lo stesso.

– La morte quel giorno s'era svegliata ed era arrivata a Firenze vestita a festa… – emise un profondo sospiro – Dopo l'omicidio, come se nulla fosse accaduto, l'arcivescovo Salviati col proprio fratello e Jacopo Bracciolini erano usciti Santa Maria del Fiore ed erano andati con la scorta al palazzo della Signoria. Il piano era quello di prendere il palazzo, cacciare i priori e instaurare un nuovo governo che i fiorentini avrebbero accettato per acclamazione. Salviati salì con parte della scorta proveniente da Perugia. Bracciolini e gli altri rimasero a piano terra.

Il pretesto di quella visita era un messaggio segreto ed urgente del papa che l'arcivescovo doveva riferire subito alla Signoria. Chiese di parlare col gonfaloniere di giustizia, Cesare Petrucci, che stava pranzando coi priori. Inavvertitamente però Salviati chiuse alle proprie spalle una porta che aveva una serratura automatica. Isolò così se stesso dalla scorta.. Rimasto solo di fronte a Petrucci e ai priori e compreso il fatale errore commesso, Salviati cominciò a balbettare. Petrucci capì quel che stava accadendo. Braccò l'arcivescovo che cominciò ad urlare senza riuscire ad estrarre la spada dal fodero. Frattanto erano stati fermati anche quelli che erano rimasti in basso, Bracciolini e i suoi, che alle grida dell'arcivescovo stavano salendo di corsa. Dopo una brevissima e furiosa battaglia l'arcivescovo e Bracciolini furono uccisi e poi appesi a testa in giù dalle finestre del palazzo. Gli altri furono gettati vivi sulla piazza. –

– E i Pazzi, cosa fecero? – chiese Pietro.

– Dopo la morte di Giuliano, Francesco de'Pazzi, gravemente ferito, si era rifugiato nel proprio palazzo. Era del tutto incapace di alzarsi da letto e salire a cavallo, così come aveva progettato, per comandare l'insurrezione di Firenze. Quando suo zio Jacopo, in piedi davanti al letto del nipote, decise di prendere il suo posto tutto era ormai chiaramente perduto.

La caccia ai congiurati era già cominciata. Meglio però morire con la spada in mano e a cavallo, dovette pensare il vecchio bestemmiatore. Anche se in fondo a quella congiura non aveva mai creduto, alcuni giorni prima aveva saldato i propri debiti e fatto molte elemosine per chiudere anche i conti dell'anima oltre che quelli delle molte filiali della sua banca. –

–Temeva, anzi, sapeva che la lunga onda del complotto si sarebbe richiusa alle spalle di Lorenzo travolgendo i congiurati come il Mar Rosso gli egiziani – disse Sebastiano.

– E fu quello che accadde. Ma ormai era tardi e tutti i membri della sua famiglia (tranne forse Renato e Guglielmo de' Pazzi cognato di Lorenzo) erano coinvolti. Jacopo era il più vecchio e di tempo gliene sarebbe rimasto poco. Tanto valeva mostrare l'ultimo lampo di coraggio, semmai c'era stato, e morire con i suoi piuttosto che subire l'onta di una cattura e di un processo.

Perché in fondo, da giocatore, contava sulla leggendaria giustizia di Lorenzo. Questa volta però aveva sbagliato i conti. Jacopo guardò inespressivo il nipote sofferente sul letto come si può guardare l'amata, scellerata origine delle peggiori sciagure. Poi con gli occhi spiritati e con la spada in pugno, uscì dal palazzo dei Pazzi a cavallo gridando Popolo e libertà!. Nel delirio fu investito da un'estrema, folle speranza: che Firenze alla fine capisse e rispondesse e lo seguisse come gli israeliti avevano fatto con Mosè.

Dovette invece scontrarsi con la più cruda realtà: il frastornante grido che lo seguiva ad ogni incrocio non era la eco della sua incitazione alla ribellione, ma Palle! Medici! Morte ai traditori. Firenze si stava schierando dunque, ma non coi Pazzi bensì coi Medici! Era solo! Prima di prendere l'improvvida decisione di fuggire verso l'Appennino, vide a terra i corpi squartati dei due preti che avevano ardito prendere il posto del Montesecco nel tentativo di uccidere il Magnifico. Uno di loro era stato precettore della sua unica figlia illegittima. I due preti erano stati trucidati dalla folla che stava smembrando i loro corpi. Ma quella, era ancora la sua civilissima e nobilissima Firenze?

Poi, sfilando sempre a cavallo sotto palazzo della Signoria, vide il corpo dell'arcivescovo Salviati ondeggiare, oscenamente, dalle finestre. Ignorava Jacopo che, poche ore dopo, anche suo nipote Francesco avrebbe seguito lo stesso destino.

Fuggì in campagna ma anche in questa decisione sbagliò le sue previsioni.

Un gruppo di contadini lo riconobbe e lo riportò a Firenze. Rimase in prigione per quattro giorni poi, senza un regolare processo, fu ucciso. Ma la famosa civiltà di Firenze, straziata dalla folle ambizione dei suoi nipoti, proprio sul corpo del vecchio Jacopo doveva annullarsi definitivamente. – Il papa emise un sospiro.

–Descrivete quei fatti come se li aveste davvero vissuti, sembra persino che abbiate visto il folle bagliore degli occhi di Jacopo de' Pazzi presso il letto del nipote. –

– Ma io da quei fatti sono nato, mia madre, sconvolta, incinta, vide correre tutto quel sangue! – disse Clemente agitato.

Il papa continuò – Ecco la Firenze che Jacopo non riconosceva più ma che lui stesso aveva contribuito a creare. Fu seppellito in principio nella tomba di famiglia, ma dopo qualche giorno fu esumato e posto in terra sconsacrata, fuori dalle mura della città. Poi fu di nuovo esumato e posto su un graticcio. Trascinato da un pugno di ragazzi ubriachi fino all'Arno, fu gettato in acqua. Chi recuperò i resti qualche miglio più in giù, forse gli stessi ragazzi, li appese ad un salice ad eccezione della testa che fu invece legata al portone principale del palazzo dei Pazzi perché ne fosse il lugubre battacchio. Ora il destino bussava alla porta dei Pazzi... –

– Questa la fine di Jacopo dei Pazzi, nuovo banchiere del papa Della Rovere – disse Pietro solenne e ironico al tempo stesso. – Ma gli altri? –

– Renato de'Pazzi, presumibilmente innocente, che era fuggito vestito da contadino fu riconosciuto, arrestato e decapitato con lo zio Jacopo. Galeotto de'Pazzi si era invece vestito da donna. Fu ritrovato col capo velato e malamente imbellettato a pregare in santa Croce e finì per lungo tempo nel carcere delle Stinche. Giovanni de' Pazzi, il marito di Beatrice Borromeo, aveva cercato rifugio nel monastero degli Angeli. Anche lui fu preso ma incarcerato a Volterra.

I capitani di ventura che ai confini di Firenze attendevano l'ordine di entrare e compiere con le vere armi l'opera iniziata dai congiurati e di rivoltare il governo di Firenze, ricevettero dalla città solo infauste notizie. Decisero di non intervenire e ordinarono la ritirata.

La notizia della disfatta, della morte di Salviati e dell'incarcerazione di Raffaele Riario volò a Roma, al palazzo di Girolamo e a quello apostolico dove si attendeva l'esito della congiura con grande apprensione. –

– Ma ? – chiese Sebastiano tendendo una mano verso il papa – quasi a suggerirgli la continuazione.

– Ma venne finalmente il tramonto di quel tremendo giorno di morte – disse il papa alzandosi inquieto –giunse forse in ritardo e non portò pioggia, come le nubi appena increspate avevano fatto ad un certo momento prevedere, e nemmeno portò pace, ma solo una quiete passeggera e del tutto apparente, un silenzio irreale – Cercò gli occhi di Sebastiano –Non poteva esserci pace nel palazzo dei Medici né in quello dei Pazzi, ma nemmeno in molte altre case di Firenze che piangevano i loro morti. Non pace in casa Gorini dove mia madre piangeva il suo Giuliano che non sarebbe mai più tornato in borgo Pinti e non avrebbe mai conosciuto e legittimato me. Non seppi mai se anche lei quel giorno fosse stata in Santa Maria del Fiore … – poi scuotendo la testa per non distrarsi – Non pace in casa Nori dove si piangeva il giovane Francesco che in duomo s'era volontariamente preso la coltellata che avrebbe dovuto uccidere l'amico Lorenzo… –

– Ma… – lo incalzò ancora Sebastiano con maggiore insistenza.

– In tanto disastro e in tanta distruzione, – il papa esitò a cercare la parola – un pensiero di atroce bellezza, nel pomeriggio, uscì dalla testa e dal palazzo del Magnifico che di Bellezza viveva e Bellezza respirava... –

– Non è così anche per voi Santità? – chiese Sebastiano. Il papa annuì concentrato fissando l'amico.

– Quel pensiero, Santità, schivando ed insieme nutrendosi della vista dei cadaveri sparsi indegnamente per le strade, i gruppi di dolenti increduli e le bande di violenti che volevano veder scorrere altro sangue non si sa di chi ma pur sempre sangue, raggiunse la casa e lo studio del Botticelli, non è vero? – Il papa annuì ancora. – Continuate voi Sebastiano, forse userete migliori parole, voi che sapete cosa sia la misericordia – disse il papa guardando intensamente l'amico.

– Ma io voglio ascoltare le vostre parole, anche se … mancassero ancora della necessaria misericordia – rispose il pittore.

– Prima che il sole definitivamente cedesse alla notte, – disse Clemente – Sandro avrebbe dovuto schizzare con la sua mano veloce e sicura i corpi dei congiurati che penzolavano sinistramente dal palazzo della Signoria. Botticelli dovette accettare quell'incarico non per i 40 fiorini promessi, ma perché era amico di Lorenzo ma soprattutto di Giuliano. Doveva far presto. Il sole stava calando dietro di lui e chi forse, dall'interno del palazzo lo guardò disegnare furiosamente, vide il suo bellissimo volto rivolto all'insù, i suoi occhi azzurri ammaliati dall'irresistibile bellezza della morte, dall'insondabile baratro di violenza in cui può cadere l'animo umano, anche quello del Magnifico, anche il suo, che in fondo per amicizia e fedeltà stava lì a registrare l'ultimo spasimo di dolore che dovette sentire Francesco Salviati. –

Il papa si accorse che Sebastiano lo ascoltava rapito, gli occhi pieni di lacrime. – Volete che mi fermi? – chiese all'amico pittore.

– Botticelli si fermò di fronte all'orrore? – chiese Sebastiano.

Il papa scosse la testa.

– Continuate allora! –

– Lorenzo voleva che poi quei disegni del Botticelli diventassero affreschi sulle pareti del Bargello perché fossero di monito e di ricordo di quella giornata. Di eterna onta per gli assassini di suo fratello – disse il papa quasi a cercare una giustificazione.

– Ditemi piuttosto che venne la notte! – fece Sebastiano con angoscia.

– Sì, il sole alla fine calò. Qualcuno lo spinse con scarsa decisione nel mare ed ebbe la misericordia di togliere luce, forza e pensieri di vendetta a Firenze, almeno per qualche ora. La penna del Botticelli si fermò ma i corpi dei congiurati continuarono la loro macabra danza alla luce della luna. –

– Ma ditemi, Santità, nello studio del Botticelli Fioretta intanto danzava sui fiori d'amore? –

Il papa era troppo concentrato nel racconto per rispondere. Per terminarlo adeguatamente puntò lo sguardo sul muro su cui aveva intravisto e forse continuava a vedere Firenze sospesa in quella domenica d'aprile di molti anni prima.

– Il 26 di aprile, domenica del Signore, si poteva dire che a Firenze fosse accaduta molta, troppa Storia. Trascorse gran parte di maggio e nei giorni in cui nacqui alla famiglia dei Pazzi fu inflitto il pubblico disonore: le loro armi furono tolte dagli edifici che le esponevano. I loro beni, le case, tutto requisito. Il canto dei Pazzi perse il suo nome così come la tradizionale festa che celebrava la conquista di Gerusalemme cui aveva partecipato gloriosamente Pazzo de' Pazzi. Il carro con le tre pietre che ser Pazzo aveva portato dal Santo Sepolcro, continuò ad attraversare per Firenze ogni Sabato Santo, ma la festa perse completamente ogni riferimento alla famiglia che l'aveva istituita.

Chiunque avesse sposato una donna dei Pazzi sarebbe stato privato di cariche e dignità. Ma la guerra per Firenze e per Lorenzo era appena cominciata e sarebbe durata due anni. Ma ne sarebbe uscito vincitore... –

– Fermatevi, quella è storia, vera ma storia e lo fu di altri, di Lorenzo innanzitutto, dei suoi alleati e dei suoi nemici.....torniamo a voi, soltanto a voi. Lasciamo anche Fioretta e quella primavera che il destino volle immortalare nel quadro più bello di sempre. Come se la primavera e l'amore fossero esistititi solo quell'anno, proprio in quell'anno in cui invece venne solo la morte. –

– E dunque? – chiese il papa – cosa mai devo dirvi ora? Voi sapete che rimaneva solo da dire una parola, l'ultima, quella che spetta solo al vincitore. E Lorenzo quella parola ce l'aveva nella mente da due anni, dal giorno della congiura.

Molto spesso la pace riposa nelle parole e nei gesti ma non nel cuore che ha una memoria ardua da addormentare e da volgere serenamente al futuro. Nell'apparente pace che si instaurò con il papa Sisto IV, quella parola giunse a Roma e fu pronunciata dal pennello dell'amico Botticelli.

Sempre perché di Bellezza si vive e di Bellezza ci si può anche vendicare – disse il papa affaticato.

La seconda vera vendetta, quella al modo di Lorenzo

Sebastiano e Pietro lo ascoltavano concentrati e lui continuò. – Prima della congiura del 1478 Sisto IV aveva voluto riedificare nel palazzo apostolico l'antica cappella papale che ospitava le più fastose celebrazioni della sua corte, i conclavi, le udienze più importanti, le messe pontificie e le proclamazioni solenni. E quando essa fu ultimata, volle che fosse decorata sontuosamente, con storie della vita di Mosè e del Cristo perché fosse celebrata la maestà del papa e la sua eredità di vicario di Cristo e nuovo Mosè. Pietro Perugino, che fu inizialmente incaricato del lavoro, non avrebbe mai potuto portare a compimento da solo quel lavoro immane. Era necessario trovare nuovi pittori che con le proprie maestranze lo affiancassero. Ma Sisto per la propria cappella voleva solo i migliori pittori.

Nessuno saprà mai se sia stato lui a chiedere a Lorenzo che gli cedesse per qualche tempo i migliori artisti che erano a Firenze, che erano poi i migliori in Italia, o se sia stato proprio Lorenzo ad offrire al papa il suo Botticelli con maestro Cosimo e maestro Domenico. Questo mio zio non me lo rivelò mai. Voleva che rimanesse un mistero. Certo è che se fu Lorenzo a fare il primo passo forse era già nelle sue intenzioni di chiudere quella guerra sorta dal sangue di suo fratello proprio nella cappella del papa. I tre pittori accettarono con entusiasmo l'incarico anche perché Firenze riemergeva da quei due anni devastata e senza la gioia e le risorse necessarie per dare loro lavoro. Ho sempre immaginato che lo avesse incontrato prima della partenza e gli avesse detto L'ultima parola, ditela voi...Sandro, affidatela all'eternità e alla sacralità del luogo. Datele forma e colore immortale fra le immagini di gloria che Sisto vi richiederà per celebrare sé e la famiglia. Lui quella parola se la troverà dinanzi agli occhi fino alla fine, non potrà cancellarla, sarà per lui una sentenza di condanna pronunciata in un sussurro. In un primo momento dubiterà poi sarà la certezza perché intanto il dubbio avrà scavato nell'anima sua un baratro. Un soffio di vento che annuncia l'inverno della vita, forse il frutto di una allucinazione. Impossibile rimuovere quella parola. Impossibile eluderla. Impossibile condividere il fastidio provato a guardarla con altri che non fossero al corrente dell'efferato delitto di cui Sisto IV si era reso colpevole. Verum finalmente bonum. Sarà la vittoria di Giuliano e di tutti noi. Ai Medici d'ora in poi quella vittoria basterà. –

– Ma non a voi che pur siete un Medici a quanto pare – disse Pietro.

– Non a me – confermò Clemente.

– Che accadde? –

– I pittori partirono i carri con gli attrezzi e i colori, partirono con fracasso allievi e garzoni. I maestri firmarono il contratto che declinava l'anno 1481. Un dotto francescano incaricato dal papa in persona, illustrò loro quello che avrebbero dovuto rappresentare. Si suddivisero il lavoro e cominciarono a progettare gli affreschi, con i primi disegni e poi i cartoni. Poi prepararono le pareti. Il destino aiutò ancora i Medici – disse Clemente con un sinistro brillio degli occhi – Due dei riquadri che furono affidati al Botticelli erano collocati presso il trono papale. Uno era posizionato alle spalle del trono, l'altro esattamente di fronte: il papa sarebbe stato "costretto" a guardarli ogni qual volta fosse salito al trono e ogni qual volta, seduto, avesse guardato dritto davanti a sé. Ma il diavolo dubitò – disse il papa.

– Il diavolo? Intendete papa Sisto? – chiese con finta innocenza Pietro Aretino.

– Chi altri? – rispose Clemente tranquillamente – Comunque quando seppe che a dipingere quei due riquadri sarebbe stato il pittore prediletto del Magnifico, volle premunirsi e prendersi un'ulteriore rivincita sugli odiati fiorentini. Sulla parete di fronte al trono Sandro avrebbe presto dipinto le Tentazioni di Cristo e Sisto volle che in quel riquadro vi fosse inserito un ricordo dell'umiliazione inflitta ai fiorentini a Roma poco tempo prima, al termine dei due anni di guerra, in una cerimonia avvenuta davanti a San Pietro, dove dodici notabili fiorentini si erano inginocchiati davanti a lui.

Al francescano che aveva ideato il programma degli affreschi spettava il delicato compito di inserire quell'avvenimento fra le *Tentazioni di Cristo*. Si trattava di obbedire al papa e seguire il suo desiderio di ulteriore vendetta ma senza scatenare una nuova guerra con Firenze. Il frate scelse abilmente un passo del Levitico: la prescrizione di un sacrificio di purificazione per la guarigione di un lebbroso, che, pur senza un legame con il brano evangelico delle *Tentazioni*, avrebbe potuto essere interpretato come una purificazione per il periodo quaresimale. Per il papa sarebbe stato il ricordo perenne.

Certo Sisto non avrebbe mai pensato che l'inserimento di quella scena si sarebbe ritorto contro di lui.

Il Botticelli si mise al lavoro. Le *Tentazioni*, così come nelle intenzioni del papa, passarono in secondo piano rispetto al sacrificio di purificazione ma quando l'affresco fu terminato, Sandro poteva ben definirsi soddisfatto. La corte papale al completo assisteva al rituale del sacrificio. Anche i parenti del papa. Il cardinale Raffaele con l'espressione pensosa e il conte Girolamo, suo zio, lo scettro del potere in mano, lo sguardo sempre di ferro, i capelli incanutiti e la bocca nervosamente amara del vincitore sempre scontento. In verità la congiura per lui non era stato altro che un fallimento.

Alcuni dignitari nell'affresco si inchinano ossequiosi alle spalle del sacerdote che celebra il sacrificio ed indossa il triregno, certamente Sisto.

Fra quei dignitari, certo i fiorentini umiliati, non si può non notare il volto di colui che fu il vero assente della cerimonia di perdono che avvenne in Vaticano, il Magnifico, colui che avrebbe dovuto esserci e invece non venne. Ma c'è anche un uomo che indossa un elegante mantello verde con foglie di quercia dorate (emblema dei Della Rovere) e che con il suo gesto sembra voler premere le mani sulle spalle al giovane che gli sta difronte, ormai quasi inginocchiato a terra e che ha i tratti inconfondibili di mio padre. Vuole solo umiliarlo o vuole finirlo stringendogli le mani attorno al collo?

Alle sue spalle tre uomini stanno parlando tra di loro. Uno è un giovane ecclesiastico. L'arcivescovo di Pisa Francesco Salviati? Forse, perché quella conversazione sembra una di quelle tante riunioni che dovettero precedere l'omicidio di mio padre se è di vero ferro il pugnale che uno dei tre, (Francesco de' Pazzi?) stringe in mano fissando la facciata di una chiesa, teatro del sacrilegio e dell'omicidio.

Il racconto però secondo il Botticelli non era completo. Mancava un altro riferimento alle vittime. Il sacrificio del Levitico prevedeva la presenza di due uccelli di cui uno sarebbe stato ucciso e l'altro salvato ma immerso nel sangue del compagno. Non era forse ciò che era accaduto ai due fratelli de' Medici che così diventavano gli assoluti protagonisti dell'affresco?

Mancava un ulteriore riferimento. Lui, Sisto, il diavolo.

L'affresco abbonda di riferimenti alla famiglia del pontefice. Ovunque alberi di quercia floridi. Ma c'è un albero, sempre una quercia, quasi del tutto secco e con la corteccia spaccata. Al suo interno sembra scivolare il diavolo che sta tentando il Cristo da un'altura sovrastante. Nella caduta il diavolo perde la sua veste francescana e rivela la sua vera natura luciferina. Certo un omaggio al papa perché il diavolo per ingannare il Cristo non poteva che scegliere il più santo degli abiti, quello dei francescani, ordine del quale il papa era stato lungamente Generale. Ma poteva valere anche il contrario. Nelle vesti francescane si può nascondere il Diavolo in persona che scivola in un tronco di una quercia morente, simbolo di una famiglia maledetta condannata all'estinzione. Quell'affresco diventava così la cronaca della congiura dei Pazzi.

Allora forse, il sacrificio di purificazione era destinato più che ai fiorentini al papa e alla sua famiglia. Ecco perché a quella nuova umiliazione dipinta aveva voluto presenziare anche il Magnifico che in realtà a Roma non era venuto. Ma il Botticelli non aveva ancora finito il suo atto di giustizia estetica e nell'affresco che illustra alcuni episodi della vita di Mosè, quelli che forse il papa avrebbe dovuto usare come modello per la propria vita di uomo e di pastore, introduce ancora il volto di mio padre, ancora una volta sofferente, qui nelle vesti dell'ebreo riparatore di brecce, colpito dall'egiziano. Una donna del cielo, vestita di azzurro, soccorre l'ebreo gravemente ferito e lo spinge, preoccupata, in un tempio che forse, purtroppo, diventerà il suo sepolcro. Il duomo di Santa Maria del Fiore?

Ma l'egiziano, il colpevole, è questa volta ucciso da Mosè che poi fugge nel deserto a fare penitenza. Non era forse ciò che avrebbe dovuto fare Sisto se fosse stato un buon pastore come Mosè di cui in realtà era il successore?

Non avrebbe dovuto punire i colpevoli dell'omicidio? La santità dunque non abita a Roma almeno non sotto il pontificato di Sisto IV. Abita forse a Firenze? Perché infatti la citrus medica, l'albero caro ai Medici e non la quercia dei Della Rovere svetta accanto a Mosè che parla con Dio? Ecco l'ultima parola di Lorenzo e del Botticelli, amico dei Medici – disse il papa.

– Ma voi, cosa pensaste quando usciste papa dal conclave del novembre del 1523? Vi trovavate lì, esattamente in quel luogo, un luogo per voi di vendetta. Perché sceglieste il nome Clemente se il vostro cuore è ancora in verità animato da vendetta, Santità?, aspettate... non dite nulla, mi pare di vedervi,.... Quel giorno eravate seduto sotto l'affresco del Perugino, vero? quello della Consegna delle chiavi. Si disse che fu per voi un lieto presagio... – chiese Pietro.

– Lieto? – lo interruppe ironico il papa.

– È stata spogliata l'ultima scheda, contiene il vostro nome, come quasi tutte le altre. Voi siete lì, ancora seduto, tutti vi guardano. È stato un conclave lunghissimo e tormentato, dall'esito incerto fino all'ultimo giorno. Avevate contro tutti. Erano entrati in conclave, cardinali di fede imperiale e francesi con una sola certezza: opporsi a voi. Quando voi avete intravisto un minimo spiraglio a quello vi siete aggrappato. Voi ormai siete il nuovo pontefice – disse Pietro – Fra poco tutti quelli che fino a poche ore prima vi hanno insultato chiamandovi, proprio durante quel conclave, ancora bastardo, vi baceranno il piede in atto di sottomissione. Avete vinto. L'illegittimo dei Medici, il magnifico bastardo schernito ed umiliato ora siede sulla cattedra di Pietro. Ha vinto. Anzi, ha stravinto. La strada che vi ha condotto lì, la conosciamo, è assai tortuosa e di completa infelicità. Solo per gli sciocchi appare spianata dal Magnifico zio e dal cugino Leone. Allora, solo allora credo che abbiate alzato i vostri bellissimi occhi e abbiate contemplato negli affreschi vostro padre e i suoi assassini. Era necessario? Tanto ce l'avete sempre nell'anima... Lo contemplaste. Eppure so che quello accadde, vero?

– Acceptasne electionem de te canonice factam in Summum Pontificem? Quo nomine vis vocari? – vi chiese una voce lontana mentre guardavate vostro padre e i congiurati fissati nel colore purissimo del Botticelli.

– Clemens – avete risposto distrattamente. Ma quel nome non vi uscì dal cuore, vi uscì solo dalla bocca e da un grumo di pensieri confusi, sembrò un nome certo e piano, sembrò a tutti un nome a lungo meditato. Forse, anzi, lo era. A lungo meditato, non certo sentito. Un nome senza vita, Clemens, sembra in effetti un battito d'ali o di ciglia, sembra l'anima che esce dal corpo, strozzata, dopo una mala morte. La scelta di quel nome fu un'inconsapevole menzogna, perché in voi non riposava nessuna pace. Forse intendevate la pace con quelli che vi si erano opposti in quel conclave, ma non con i veri nemici della vostra vita, possiamo ben dire con i fantasmi dei nemici di tutta una vita perché nessuno di essi era più al mondo. Diceste Clemens ma eravate pronto ad una nuova stagione di vendette e di tempeste, Santità. E se io e Pietro non fossimo venuti qui, forse...–

Ancora vendetta

– Forse avreste i pensieri e il cuore ancora sporchi di sangue... – continuò Sebastiano – Perché, voi avete nel cuore ancora vendetta...Santità. Voi, il papa, voi il vicario di Cristo ....è ancora notte. Ricordate che il cielo tornerà di lapislazzulo e sarete voi a volerlo...a ordinarlo. –

– Chi siete veramente?– chiese il papa avvicinandosi lentamente a Sebastiano per riconoscere in lui ancora le fattezze dell'amico fedele con cui parlare d'arte e di piacevolezze. –

– L'amico che credete – rispose l'altro tranquillo – ma anche lui – disse Sebastiano indicando con la destra l'Aretino stretto contro il muro e immerso nell'oscurità– vi è più amico di quanto non crediate. La serpe ha una sua necessità. All'alba vi renderà un buon servizio, vedrete. Ma voi, smettete di parlare di vendetta, voi siete vissuto di vendetta. Nonostante tutto quello che è accaduto, voi parlate ancora di vendetta. Non vi ha mai sfiorato l'idea che tutto avrebbe potuto finire diversamente per voi? Non dico la morte di vostro padre, certo, ma la vostra vita sì. Quella sì. Invece voi avete continuato a scegliere quello che fu scelto per voi ab initio. –

– Cosa intendete? – chiese il papa frastornato.

– Avete continuato a vivere al modo di Lorenzo. –

– Come tutti i miei cugini, i suoi figli d'altra parte. –

–Vi pare una giustificazione?–

– Non capisco. –

– È ancora troppo presto – concluse Sebastiano con un sospiro gettando uno sguardo ansioso fuori dalla finestra.

Oscurità completa.

– Presto per cosa? – chiese il papa con ansia – accendete qualche candela, presto, fatelo voi Sebastiano!.

– Lo farò ma non servirà – disse pacatamente Sebastiano – Parlatemi della vostra vendetta, giacché voi vi siete vendicato, vero? E siete ancora pronto a farlo. Quello che è successo non vi è bastato, vero Santo Padre?, così come non bastò a Lorenzo eliminare i congiurati. Anche voi avete una parola in testa che vi tormenta vita e pensieri. Volete pronunciarla anche voi con un pennello, perché anche voi, come Lorenzo, di Bellezza vivete e Bellezza respirate. Lo farete dove riterrete giusto, ma la vostra parola sarà diversa da quella di Lorenzo, deve esserlo, Santità, questo ve lo garantisco. Vi dico che non sarò io a tratteggiarla seppur, ve lo dico, sarebbe stato per me il maggiore degli onori ...Ma come ben sapete Botticelli non c'è più e quella parola vi costerà ben più di 40 fiorini. Io preparerò tutto come il Battista spianò la strada al Cristo. –

L'Aretino a sentire quelle parole sembrò ritrovare interesse nella conversazione. Si avvicinò agli altri due e si sedette.

– Se devo avere una necessità allora scendiamo nel cuore della notte, nell'ora degli incubi! – disse Pietro guardando ghignante il papa.

– Avete ragione voi, Sebastiano, quello che è successo non mi è bastato. Oggi stesso non mi bastava. E lui...lui stesso me lo profetizzò un giorno – disse Clemente VII.

L'ultimo

– Lui? – chiese Pietro col tono di un inquisitore che si aggrappa ad una parola pronunciata a caso durante un interrogatorio.

– Lui, l'ultimo... – gli rispose il papa fissandolo senza paura.

– Lasciatelo parlare insomma! – disse Sebastiano a Pietro. Poi guardando il papa – Da dove volete cominciare Santo Padre?–

– Per forza dal giorno più buio, quello in cui io, da onnipotente cardinale vicecancelliere, diedi l'ordine di arrestare il cardinale camerlengo Raffaele Riario, nell'estate nel 1517 – disse il papa senza esitazione.

Calò il silenzio come un masso, ma Sebastiano gli sorrise.

– Voi sapete che cosa era accaduto l'anno precedente – disse il papa.

– Lo sapevano tutti anche allora, un'altra congiura inventata ad arte per eliminare un po' di nemici e prendersi pure la loro ricchezza, non c'è che dire, un piano davvero ben organizzato. Quella montagna di denaro vi serviva per dare Urbino a vostro nipote Lorenzo. La guerra per avere Urbino aveva vuotato le casse e voi e vostro cugino Leone avete studiato questo piano con cui contavate, ammettetelo Santità, anche di portare al patibolo anche lui appunto, lui, l'ultimo dei congiurati di vostro padre, il sopravvissuto alla carneficina di vostro zio – lo accusò Pietro.

– Ma sì! – gridò inaspettatamente il papa alzandosi – sì, lo ammetto! Riario avrci voluto strangolarlo io stesso con le mie mani, ma con la congiura non c'entro niente se non come vittima.–

– La verità è che quell'improvvido di Alfonso Petrucci vi ha servito la vendetta e l'opportunità su un piatto d'argento – ribatté Pietro.

– La verità – disse il papa arrabbiato – è che il cardinal Petrucci voleva vendicarsi con papa Leone mio cugino perché aveva tolto Siena a suo fratello. Lui aveva veramente in mente di uccidere il papa. Fallito ogni tentativo di riprendersi con le armi e le alleanze la città che la sua famiglia aveva nei decenni solo tiranneggiato, aveva deciso di assoldare quel medico di Vercelli che già aveva un omicidio sulla coscienza. –

– Adesso la raccontate in modo sbrigativo, ma allora, diciassette anni fa eravate ferocementepronto ad eliminare tutto il Sacro Collegio pur di stanare ogni colluso con quel piano e a far giustizia….o vendetta? quale delle due, Santità? –

– Entrambe…giustizia e vendetta– disse il papa con sicurezza – entrambe, Pietro! –

– Continuate, Santità, vi prego – disse più dolcemente Sebastiano.

– L'improvvido Petrucci, perché altro non fu che un giovane pazzo e sventato, parlò troppo e coinvolse troppe persone: il duca d'Urbino, il cardinal Soderini che odiava i Medici da quando avevano condotto i suoi parenti alla fuga nel 1512. A Genazzano, nella fortezza dei Colonna, Alfonso Petrucci chiese asilo e si sentì sufficientemente sicuro. Proprio in quegli afosi giorni di luglio del 1516 a Genazzano comparvero, con davvero poca discrezione, alcuni cardinali, tutti per vari motivi delusi dal papa, Adriano Castellesi, il genovese Bendinello Sauli, e l'amareggiato Francesco Soderini, allora professore allo Studio di Pisa.I cardinali, a Genazzano, si riunivano nella stanza di Petrucci in concitate riunioni in cui si cominciarono a fare i nomi dei possibili successori di Leone che ormai si credeva vicino alla morte per via di quella fistola che lo afflisse proprio quell'estate del 1516. Fra Genazzano e Roma ci fu, sempre in quei giorni, un continuo andirivieni di messi a cavallo con lettere cifrate. –

– Le prove, Santità!– lo incalzò Pietro.

– Ma voi pensate che quel che accadde dopo avvenne senza l'appoggio delle prove? Che furono chieste condanne di quella gravità senza prove?– chiese il papa trasecolando.

– Non sarebbe il primo caso – disse il Pietro con noncuranza.

– Vi dico che non fu quello il caso. Comunque, il papa, in agosto, inaspettatamente guarì e tutto sembrò tornare alla normalità, se normalità si poteva chiamare la complicata situazione che ebbe inizio con l'anno successivo, il 1517, quando Francesco Maria della Rovere cercò di riprendersi Urbino. Iniziò una guerra estenuante e per molti mesi di esito incerto. Le spese sostenute da Leone per difendere adeguatamente suo nipote Lorenzo furono enormi. Alfonso Petrucci intanto, perduta ogni reticenza, apriva a molti il proprio animo con pericolose confidenze: voleva tornare a Siena e da padrone. Le confidenze arrivarono ovviamente subito ai Sacri Palazzi. Leone X lo invitò a tornare a Roma per accomodare la situazione. Convintosi in un primo tempo della buona fede del papa, Alfonso accettò ma quando, a Roma, prima dell'udienza, sentì l'aria farsi pesante, fuggì di nuovo a Genazzano dai Colonna.

A Leone questa ulteriore fuga dimostrò che Alfonso Petrucci era ormai suo nemico e tramava cose importanti.

Tentò un ultimo abboccamento attraverso la mediazione di due carissimi amici di Petrucci, Bendinello Sauli e il cardinal Cornaro. Tramite loro gli offrì i due terzi dell'eredità di suo padre, a patto che rinunciasse ad ogni pretesa su Siena. All'inizio titubante, Alfonso rispose poi, in un brivido di fatale, folle temerarietà, che lui desiderava solo tornare in casa sua.

Nel concistoro del 20 aprile 1517, Leone privò Alfonso Petrucci della dignità cardinalizia e dei beni ecclesiastici. Cinque giorni prima intanto erano stati arrestati i suoi servi e i familiari che erano rimasti a Roma e il suo palazzo romano fu messo a soqquadro per trovare le carte necessarie per istruire un processo contro di lui. Furono arrestati il maestro di casa Marcantonio Nini, il cugino Scipione Petrucci e uno spagnolo, tale Suares, che era suo agente di affari. Furono trovate molte carte che cominciarono ad essere esaminate dai giudici inquisitori tra cui il procuratore fiscale, il temibile Mario Peruschi.

La sera stessa del 15 iniziarono i primi interrogatori. –

– Si aprì un vaso di Pandora da cui uscirono orrore, odio, morte. Era solo l'inizio – disse Pietro.

– Il primo a parlare fu il maggiordomo Nini che, in una drammatica alternanza tra fedeltà al suo signore e ingenuità, cominciò a dire troppo: ammise che il cardinale diceva pubblicamente che rivoleva Siena ad ogni costo.

Fu quell'espressione, ad ogni costo, che aprì nuove strade all'indagine di Mario Peruschi e diede inizio alla tragedia che ne sarebbe nata. In un secondo breve interrogatorio, Nini parlò inspiegabilmente della malattia che aveva colpito il papa l'estate precedente. Le imputazioni del processo stavano dunque pericolosamente scivolando dalla politica all'incolumità della persona del papa. Fu allora che Peruschi, feroce conoscitore dell'animo umano, lasciò Nini nella sua cella per alcuni giorni... contava sull'attesa estenuante, spesa a pensare e a temere nuovi interrogatori.

Intanto molte carte erano state esaminate. In un ulteriore interrogatorio, Nini riconobbe come proprie alcune lettere scritte per conto del cardinale: nelle lettere si nominava un famoso medico,

Gian Battista da Vercelli noto ovunque come esperto nella cura del mal della pietra e del mal francese ma bandito dalla Serenissima per aver ucciso un collega; e si diceva, con un'espressione assai ambigua, che il medico, (che intanto aveva lavorato lungamente a Siena), avrebbe aiutato con le proprie mani il cardinale presso il papa. Di che aiuto si trattava? Per i procuratori a questo punto non si trattava più di investigare sulle trame di Petrucci per riprendere Siena, ma su di un'ipotesi di attentato alla salute e alla vita del papa. Con molte reticenze, Nini ammise che il medico era pronto ad uccidere il papa ma poi, pentitosi, ritrattò. In un secondo tempo, folle, in preda alla paura, forse perché Peruschi aveva minacciato qualche tratto di corda, coinvolse altri due cardinali. Usò due nomi fittizi che rimasero tali per tutta la durata del processo: Rubeus e Paritas. Nei verbali furono usati quei due pseudonimi, ma lui si riferiva a Bendinello Sauli e ad Adriano Castellesi.

L'aver coinvolto due principi della chiesa convinse Mario Peruschi ad usare col Nini la tortura. Che cosa c'entravano i due cardinali? Nini disse che Sauli, grande amico di Petrucci, gli aveva concesso 1000 ducati. Per far che cosa? Silenzio.

Ma che motivi poteva avere Bendinello Sauli per odiare il papa che tanto lo aveva beneficiato? Questo non sono mai riuscito a spiegarmelo. Voi Sebastiano lo conoscevate bene, in quei giorni gli stavate facendo il ritratto – disse il papa guardando l'amico pittore. Sebastiano però scosse la testa a dire che no, con lui il cardinal Sauli, durante le sedute di posa di quel periodo, non aveva mai fatto trapelare nulla.

– Forse fu per il vescovato di Marsiglia in cui lui aveva tanto sperato ma che poi era stato concesso a me? Ai giudici comunque non bastava. Nini non diceva tutto. Ancora tortura e la confessione fu allora piena.

Intanto, gli altri due arrestati, Scipione Petrucci e Suares, interrogati separatamente, confermavano la versione del maestro di casa. Nini ammise, fra i tormenti, che un giorno di luglio dell'anno precedente, il cardinale lo aveva convocato e, palesemente sconvolto, appoggiato al davanzale della finestra della sua camera a Genezzano, gli aveva rivelato di aver fatto un patto col medico di Vercelli per uccider il papa. Di quel patto erano al corrente i cardinali Riario, Sauli e Soderini perché tutti, a loro modo, desideravano la morte del papa. E, una volta morto Leone X, eran tutti concordi sul nome del successore: il cardinale di San Giorgio Raffaele Riario. –

– Eccolo, ancora lui, l'ultimo sopravvissuto di quel giorno maledetto di morte. La morte vi inseguiva e aveva il volto del cardinal Riario... – disse Pietro allargando le braccia in un gesto di conferma.

– Per me fu sconvolgente, quel nome ritornava ancora legato ad una congiura, una congiura diretta stavolta contro mio cugino il papa. Cercai di mantenere la lucidità. –

– Ci riusciste? – chiese Sebastiano.

Nessuna risposta del papa che però continuò il racconto. – Nini provò a ritrattare su Riario affermando che il cardinale fosse solo stato informato dei piani ma che non volesse esserne coinvolto, che fosse incline a moderazione e prudenza e che consigliasse di non fare affidamento su Francesco Maria della Rovere. Non servì a nulla perché ormai, su pressione dello stesso papa e mia, gli investigatori avrebbero seguito e approfondito solo la pista che portava a Riario e al suo presunto coinvolgimento nella congiura. Se sapeva della congiura avrebbe dovuto denunciarla. Tacendo ne era diventato complice. La pista era stata scovata ed era per me una sola, quella di Riario.

Leone, che di indole era conciliante, quando però si sentiva in pericolo, sapeva diventare un perfetto simulatore, freddo e sottile. Propose al Petrucci un'ultima conciliazione: un salvacondotto per venire a Roma e la restituzione di Siena. Alfonso però si sarebbe impegnato a pagare 25.000 ducati al papa e rimanere neutrale fra Spagna e papa.

Alfonso Petrucci cadde nella trappola del papa che non avrebbe mai rinunciato a mettere le mani su di lui e soprattutto su Siena. –

– Solo un pazzo a quel punto avrebbe potuto accettare. – disse Pietro – Probabilmente però Petrucci non sapeva che Nini, arrestato, avesse anche parlato del tentato omicidio del papa. –

– Probabilmente, perché venne a Roma – disse il papa – e nell'anticamera degli appartamenti papali, Petrucci incontrò Bendinello Sauli e Marco Corner che salutò cordialmente, ma anche le guardie del papa. Furono tutti arrestati e condotti nella terribile prigione del Morrocco.

Leone convocò immediatamente un concistoro in cui riferì ai cardinali lo stato delle cose e le tremende confessioni del Nini.

Nominò poi tre cardinali, Farnese, Remolino e Accolti, per assistere il papa nel processo ma con valore puramente consultivo, sorvolando sul fatto che per arrestare anche un solo principe della Chiesa sarebbe stato necessario l'assenso di due terzi del Sacro Collegio.

La cancelleria del papa intanto informò tutte le corti e i sovrani di Europa.

Il medico Gian Battista da Vercelli fu catturato a Firenze e condotto a Roma e il 21 maggio il papa accreditò straordinariamente i giudici, tutti laici, a processare i cardinali arrestati valendosi anche della tortura e derogando da ogni privilegio. Non era mai accaduto. Il 29 maggio mentre l'Accolti era in udienza presso il papa con il comandante delle guardie, Raffaele Riario e Alessandro Farnese erano nell'anticamera e scherzavano tranquillamente da vecchi amici quali erano. Ad un tratto la porta del papa si aprì e Leone uscì dalla propria stanza pallido e visibilmente alterato. Passando veloce accanto a Riario lo fissò stralunato e duro e scivolò via mentre le guardie circondavano il vecchio cardinale, decano del sacro collegio e camerlengo di Santa Romana Chiesa. –

– Ecco, volevamo arrivare qui, mi sembra. Al giorno per voi più buio, quello dell'arresto di Riario. Il cardinale di San Giorgio aveva allora 56 anni, l'età che voi avete adesso, Santità – disse Sebastiano.

– Avete infierito su un vecchio, ve lo dice pure il vostro amico pittore – disse Pietro con sarcasmo.

– Riario non fu condotto subito a Castel Sant'Angelo ma fu trattenuto sotto stretta vigilanza nei sacri palazzi. Si usò il riguardo che si doveva avere con un cardinale anziano – disse Clemente.

– Durò poco quel riguardo, mi pare – fece Pietro.

– Roma in effetti – disse Sebastiano – si svegliò esterrefatta alla notizia dell'arresto di Riario. Nobiltà e popolo indifferentemente si schierarono non con voi ma con San Giorgio, Santità. Voi sapete quanto a Roma fosse amato e temuto il cardinale. Nessuno poteva credere ad un suo reale coinvolgimento nella congiura. Si obiettò da più parti, forse giustamente, che se il cardinale fosse stato veramente colpevole, non sarebbe rimasto tranquillamente a Roma mentre i suoi presunti complici venivano arrestati uno ad uno e torturati. Sarebbe fuggito. –

– So tutto e sapevo tutto, si temettero anche sollevazioni popolari – disse Clemente.

– Finalmente venne il giorno dell'interrogatorio e voleste condurlo, voi, il cardinal de' Medici, la persona in realtà più coinvolta col Riario nei fatti. Pretendeste di rimanere solo con l'imputato. Non volevate testimoni – disse Sebastiano.

– Non mi sembra una procedura ortodossa – disse Pietro – Cosa temevate? Di che cosa volevate parlare? –

– Sapevo benissimo che sarebbe stata una scelta rischiosa, che avrebbe potuto esser anche dannosa per me, per il papa Leone e soprattutto per le sorti del processo, ma avevo bisogno di rimanere solo con Riario, sapevo in fondo che quell'incontro fosse necessario e riaprire vecchie ferite forse mai realmente chiuse. Rimanemmo soli e ci guardammo a lungo ed in silenzio. Tra di noi solo semmai l'anima inquieta di mio padre. –

L'interrogatorio

– Cercai di controllarmi e lo fissai a lungo e in silenzio. Non sembrava spaventato. Non riuscivo a scorgere nel suo volto la paura che tante volte invece avevo intuito e che Raffaello aveva un giorno colto e ritratto negli affreschi delle stanze papali, la paura di vivere una vita col sospetto di omicidio addosso, la paura dell'ultimo colpo del destino, della morte che chiede giustizia e fiato, la sazietà di colpa. Volevo parlare prima di ogni altra cosa dei fatti recenti di cui lo si accusava ma sapevo in cuor mio che presto saremmo entrambi volati a Firenze in quella ventosa mattina d'aprile del 1478. Lui a rivivere io a provare a capire. –

Lo interruppe Pietro – O a confermare quello che credevate di sapere! –

Il papa continuò – Dinanzi a noi si sarebbero spalancate le pesanti porte della cattedrale e saremmo entrati soli, senza seguito, in un silenzio e in un vuoto irreale, lenti e rispettosi del passato e di tanto dolore nella navata del tempio – disse Clemente scandendo le parole.

– Rimane da stabilire se voleste realmente sapere la verità o, credendo di conoscerla da sempre, voi cercaste solo estrema soddisfazione – ribadì Pietro.

Clemente non rispose ancora – Contro ogni previsione Riario fu il primo a parlare e, fissandomi negli occhi mi chiese tranquillamente per quali accuse venisse interrogato: se per la morte del Magnifico Giuliano de' Medici o per ciò che Petrucci aveva meditato di fare. Rimasi sbalordito da tanta tranquilla franchezza. Riario dunque aveva perfettamente capito che le accuse che gli erano state rivolte, oltre che ad aggrapparsi ai lerci complotti di quei mesi, risalivano ad un tempo molto lontano e che si dovevano chiudere vecchi conti rimasti aperti. –

– Non so, – disse Riario – se crederete a ciò che vi dirò o invece continuerete a pensare che io sia coinvolto nella morte di vostro padre, Signore. Se le vostre convinzioni sono così inespugnabili, Signore, allora posso anche permettermi di non parlare nemmeno, certo che non verrei creduto. Se invece ritenete che dinanzi a voi ci sia un uomo degno di essere almeno ascoltato per la dignità che porta, per l'età raggiunta, per l'infinita stanchezza che regge sulle spalle e che ormai nulla ha da perdere se non qualche mese d' insopportabile vita, allora voglio che conosciate una storia nuova da quella che vi fu raccontata da bambino, non certo per mancanza di fede ma per troppo dolore.

I vostri dubbi, Signore, sono forse legittimi e sacrosanti perché voi quel giorno foste privato in una sola volta del padre e della nascita legittima e soprattutto perché molti membri della mia famiglia furono realmente coinvolti in quella congiura che doveva rovesciare il governo di Firenze e uccidere con vostro padre anche vostro zio.

Ma io vi giuro, per il Dio che entrambi veneriamo e serviamo almeno nel mio caso indegnamente, che io venni quel giorno a Firenze senza sospettare nulla di quel che si era preparato.

La mia giovane età e la mia ingenuità, che allora era davvero grande, dovettero suggerire ai miei parenti di non mettermi al corrente di nulla. Se qualcosa fosse andato storto, ciò che puntualmente avvenne, avrei mostrato molte incertezze e mal recitato la mia parte. Mi sarei fatto sicuramente tradire dall'emozione e dalla tensione. Dopo quel che accadde quel giorno… – disse San Giorgio esitando appena sulla parola – fui trattenuto in carcere per quasi due mesi e molti del mio seguito furono sommariamente giustiziati. I loro corpi furono lasciati penzolare dalle finestre del palazzo della Signoria a marcire al sole. Per voi sarà nulla... ma fui rilasciato che l'estate del 1478 non era ancora iniziata, a metà di un giugno già fin troppo caldo per Firenze, un giugno carico di sangue e tensioni, preludio di due interminabili anni di guerra. Ma finalmente papa Sisto aveva ottenuto la mia scarcerazione.

Fuggii a Siena che era però troppo vicina a Firenze. Partii così subito per Roma e mi rifugiai prima nel palazzo del conte Girolamo, poi in Vaticano dove il papa mi attendeva in concistoro. Dinanzi a voi tuttavia mi professo perfettamente innocente di quel delitto. Io quel giorno fui solo un'esca per attirare i due giovani Magnifici.

Ma, se ben pensate, che cos'altro sono stato per un'intera vita, Signore, se non una nobile esca che per il fatale ruolo che si era trovata inconsapevolmente a giocare fu ripagata con sovrabbondanza di danaro e benefici e onori concessi subito al mio ritorno a Roma? In fondo il primo torto fu fatto a me dal papa mio zio e dal conte Girolamo. Senza poter decidere nulla del mio destino sono stato coinvolto in un gioco troppo grande e a cui certo, per mia indole non avrei voluto partecipare. Sono diventato il bersaglio unico del vostro odio e del vostro sospetto. Morti il papa, il conte Girolamo e i veri congiurati io sono rimasto nel vostro cuore l'unico sopravvissuto fra gli assassini, l'ultimo. Ho letto quell'odio nei vostri occhi per tutti questi anni. Posso ben dire di aver pagato a caro prezzo il mio ruolo nel mondo e nella storia, e di ciò non posso che ringraziare amaramente il papa mio zio, Sisto IV e il conte Girolamo che fu la vera anima nera di quella congiura.

Loro mi hanno poi ripagato a modo loro. Denaro, volgare denaro e molti privilegi. Voi, Signore, datemi la vostra fede e io morirò sereno. Ora, qui dinanzi a voi, Signore, io mi sto proclamando innocente di un delitto che fu commesso da altri più di trent'anni fa e di cui porto ingiustamente la colpa. Giudicate dunque ora se gli onori che ebbi in cambio per questo enorme errore della storia che io stesso rappresento, siano all'altezza del dolore che io e voi insieme abbiamo provato in tutti questi anni. Voi sospettando e io sopportando il vostro ingiusto sospetto. Se ciò che vi ho detto non cambia le vostre convinzioni, non piega la durezza del vostro animo e non placa la sete di folle giustizia che spira dai vostri occhi e non mi crederete, le mie parole saranno state sparse al vento e dunque qualunque cosa io possa dirvi riguardo ai progetti di Alfonso Petrucci verrebbe solo accumulato alle colpe che nel vostro cuore io mi porto appresso dal 1478. Non chiedo di scampare dalla morte ma di essere finalmente creduto. Al vostro dubbio preferisco la morte. Credetemi ed uccidetemi, ma credetemi. Se vi può far piacere, vi lascio credere che io abbia molto da perdere, credete ciò che volete. In verità non ho nulla da perdere. Volete qui ed ora un assassino, quello di vostro padre, volete chiudere i conti. Crederete di farlo, signore. Ma non vi basterà, purtroppo per voi, non per me. Col vostro sospetto addosso, credete, non avrei potuto vivere peggio. Lo ripeto, preferisco la morte. –

Non trovai la forza di ribattere a quel fiume di parole che Riario mi aveva riversato addosso provando, lo capivo, un senso di potente liberazione. Per lui, lo capii, finiva tutto, per me no. Aveva ragione, non mi sarebbe bastato nulla. San Giorgio mi puntò gli occhi addosso e parlò come se altri gli suggerissero. – Avvenga di me ciò che il Signore vuole. – Poi tacque e in quel silenzio c'era una forza che non era di questa terra. Con quella forza titanica fu come se si fosse chiuso alle spalle una volta per tutte le porte della cattedrale di Firenze. Quel giorno, quella domenica di trentanove anni prima, per lui era finita davvero. Era invece calato il peggiore dei soli possibili per me.

Tra i due ero io quello visibilmente sconvolto per quelle parole che ribaltavano ancora una volta le certezze della mia esistenza: per tutta la mia vita avevo ritenuto che Riario fosse un volgare assassino ammantato della porpora cardinalizia, l'indegno, l'ultimo, il sopravvissuto di tutti i congiurati. E dinanzi agli occhi allora c'era qualcosa che sfarfallava, una lucciola in una notte d'estate, un'altra verità che forse meritava di essere ascoltata e creduta.

Capii che quello che in realtà avevo cercato, il chiarimento, era ora ciò che più temevo. I ruoli si erano paradossalmente ribaltati. Da inquisitore ad accusato. Dalla sorda sicurezza ad un nuovo baratro. Dibattendomi disperatamente, cercai di non mostrarmi scosso e dunque di attenermi al ruolo che lì dovevo rappresentare. Scelsi di non entrare più nel merito della congiura del 1478, ma di portare l'interrogatorio alla legalità e dunque ai fatti contestati a Petrucci e Riario per l'anno precedente.

Fissandomi ancora negli occhi, Riario ammise con naturalezza che Petrucci gli avesse fatto delle confidenze in merito al rancore che provava per il pontefice. Ma con la dolcezza paziente, tollerante e lontana che promana spesso dalle parole dei vecchi, San Giorgio aveva imputato quell'odio ad una rabbia tutta giovanile e sventata di Petrucci impaziente di rientrare in Siena. Non credeva certo che Petrucci volesse realmente uccidere il papa.

– E sulle promesse che si dice vi abbiano fatto per succedere al Santo Padre e diventare nuovo papa? – gli chiesi freddamente.

A quel punto il sorriso mite di Riario si spense e disse guardandomi intensamente: –Alla luce di quanto vi ho detto fino ad ora, Signore, potete figurarvi le ambizioni che posso aver conservato essendo passato indenne da cinque conclavi. Ma proprio voi me lo chiedete? Sua Santità vostro cugino Leone X che oggi evidentemente per tramite vostro mi accusa, può confermarvi che durante il conclave del 1513 da cui egli è uscito papa io avevo la maggioranza delle preferenze e che ad esse ho rinunciato volentieri in suo favore. E questo non avvenne come riparazione ai fatti del 1478. Della morte di vostro padre quel giorno del 1513 in conclave non si parlò. Ho convinto gli altri elettori a votare per vostro cugino, Giovanni de' Medici. La memoria di vostro padre Giuliano, state tranquillo, non fu venduta da vostro cugino per un pugno di voti in un conclave. L'ultimo privilegio, il più santo e il più grande, il papato, ho cercato di evitarlo, come un amaro calice. Per me – scandì – è e rimane un amaro calice. Altri sarebbero disposti a tutto per averlo. Non io! Fareste bene a non augurarvelo, Signore, credete a me – disse guardandomi intensamente – Mi meraviglio che Sua Santità si sia dimenticato o non vi abbia riferito della lunga e pacata conversazione che abbiamo avuto prima dell'ultima e decisiva votazione in conclave. Se avessi avuto l'ambizione di diventare papa forse ne avrei approfittato allora, nella completa legalità dell'elezione. Invece allora preferii convogliare i voti che erano per me in favore di un uomo giovanissimo che certo mi avrebbe precluso per il futuro ogni altra possibilità, vostro cugino. – Tacque. Poi continuò. – Se volete parlare di Petrucci, io altro non ho da dirvi che se ho sbagliato è solo per aver sottovalutato le sventate confidenze di un giovane che si riteneva offeso da voi e da Sua Santità per via di Siena. Signore – continuò dopo una breve pausa – vi ho aperto il mio cuore, e voi vi siete impossessato della mia dignità di vecchio cardinale, dei ricordi più dolorosi della mia vita. E purtroppo non sono sicuro che vi sia bastato. Credo di leggerlo nei vostri occhi, come credo di poter prevedere, senza andare molto lontano dal vero, che comunque finirà questo processo voi, Signore, avrete anche il mio molto denaro, il palazzo che mi costruii con la favolosa vincita ai dadi contro il vostro parente Franceschetto Cybo, e i miei beni, forse anche i molti titoli e benefici di cui Sua Santità mi priverà. Io riterrò di non aver perso molto. Ma voi, credete che almeno allora vi riterrete soddisfatto? Ve lo chiedo serenamente: avrete odiato per così poco, Signore? Per del vile denaro? Per un palazzo, per quanto magnifico? Per un po' più di potere in Curia? Signore ve lo chiedo, la morte di vostro padre è valsa così poco? Nulla vi basterà mai! – profetizzò San Giorgio.

L'interrogatorio finì. Riario sembrava sereno, io avevo il cuore in tempesta. Uscii dalla stanza quasi correndo, lasciando le guardie fuori dalla porta allibite. Fuggivo da lui, da lui, un vecchio inerme che stavo oltre tutto conducendo alla rovina! – disse Clemente agitato.

Poi alzandosi di scatto – Ve lo dico qui, ve lo confermo, – disse fissando prima Pietro Aretino poi Sebastiano – prima di raccontarvi come finì. Se anche io stesso lo avessi in quell'estate condotto al patibolo, se io stesso mi fossi improvvisato boia non mi sarebbe bastato...! Rispondo a voi perché è in fondo questo che mi state con insistenza chiedendo, da quando oggi vi ho visto. Volete saperlo? Non mi basta, nulla mi basta!–

Clemente ebbe un sussulto ed ebbe paura per quello che aveva appena detto.

Esito

– Nonostante quel chiarimento, Raffaele Riario il giorno successivo fu condotto in Castel Sant'Angelo attraverso il Passetto di Borgo in portantina perché, una volta compreso quel che gli stava succedendo, era improvvisamente sbiancato e svenuto. Dissero che voi lo seguivate, silenzioso e grave, pallido almeno quanto lui – disse Sebastiano.

Clemente continuò il racconto – Il giorno successivo il papa in concistoro fu costretto a motivare la durezza di quella misura. Disse che Riario, dinanzi a me, in un secondo interrogatorio da lui stesso sollecitato, avesse ritrattato anche quel poco che aveva invece ammesso nel primo interrogatorio. –

– Leone costretto...dite voi? Ma da chi, da voi...è ovvio...voi volevate la testa di Riario, chi altro? L'8 di giugno poi, si diffuse una voce: che il cardinal di San Giorgio, dinanzi a voi, ad un implacabile cardinale de' Medici avesse finalmente reso piena confessione. La notizia corse per Roma, ma, attraverso i molti ambasciatori che seguivano con grande attenzione lo svolgersi del processo, giunse in tutte le corti dove, unanimemente, si contava sull'innocenza del cardinal Riario e si sperava nella sua immediata liberazione.

Scusate Santità, che cosa mai confessò Riario? – disse Pietro.

– Nulla... anche se, lo compresi, sarebbe stato pronto a confessare qualunque cosa pur di chiudere quella storia e in un certo senso liberare non lui ma, badate, me da quell'ossessione. Lo stesso giorno dell'interrogatorio Leone convocò un ulteriore concistoro e in molti tremarono – continuò Clemente – Il pontefice si presentò pallido e mortalmente triste ma non minaccioso. Disse che Riario aveva fatto altri due nomi, altri due cardinali. Un brusio violento e incredulo. Leone tacque gravemente e l'aria si fece di pietra. Non pronunciò i due nomi (che conosceva perfettamente). Pretese che i due confessassero apertamente. Nessuno si fece avanti. –

– Chi erano?–

Clemente apparentemente non rispose ma continuò il racconto –Leone pretese allora che tutti i cardinali venissero uno alla volta dinanzi a lui e baciandolo confessassero la propria colpa sottovoce. Promise clemenza.

Adriano Castellesi venne, secondo il proprio turno, si accostò al volto di Leone e ammise la propria colpa inginocchiandosi e implorando perdono. Leone lo ammonì a non lasciare Roma e a pagare un'ammenda di 12.500 ducati. Dissero poi che Adriano Castellesi, per congiurare, fosse stato preda di una maledetta brama di regno e potere e che avesse agito spinto dalla premonizione di una zingara che, leggendogli la mano, gli aveva rivelato che, dopo Leone X, sul trono di Pietro sarebbe succeduto un certo Adriano. Venne Francesco Soderini che baciò il papa e fece atto d'andarsene. Leone scoppiò allora in un urlo tremendo che fece sobbalzare tutti e lo accusò apertamente. Francesco Soderini provò a difendersi poi cadde in ginocchio singhiozzando. Il papa promise ai cardinali di non rivelare pubblicamente quel che era avvenuto in quel drammatico concistoro, ma quando si rese conto che il silenzio e le ipotesi che dal silenzio nascevano, giocavano contro il processo e a favore degli imputati, decise di parlare e di rivelare a tutti l'orrore che si nascondeva in Curia. Partirono nuove missive dalla cancelleria per le corti italiane ed europee. Molte furono le reazioni di incredulità e sconcerto.

Il 20 giugno Castellesi vendette ori e gioielli e pagò l'ammenda. Fuggì a Tivoli e raggiunse la Puglia, Zara e infine Venezia. Da lì continuò a operare contro me e il papa.

Anche Soderini partì e da Palestrina andò a Fondi implorando la protezione dei Colonna.

Nel concistoro del 22 giugno Leone parlò con grande freddezza e dichiarò Riario, Sauli e Petrucci colpevoli dell'accusa di aver tentato di uccidere il papa attraverso il medico di Vercelli e che in più, Riario, volesse succedere al papa. –

– Si disse che Riario avesse ritrattato su consiglio di suo nipote il patriarca Cesare e attendesse l'aiuto della Serenissima. –

– Ritrattò?– incalzò Pietro.

– Non ritrattò. Non c'era nulla da ritrattare. Non aveva mai confessato nulla. –

– E allora perché teneste incarcerato quel vecchio? Foste voi? Lo chiedeste voi a vostro cugino? Ma per quale congiura lo faceste, quella del 1478 o quella sventata l'anno precedente?–

– Fui io – ammise lapidario Clemente.

– E vostro cugino preferì tenere in carcere un vecchio innocente piuttosto che contraddirvi? –

– Si trattò di pochi giorni e Riario non fu torturato, ma seppe subito che Petrucci era invece passato per qualche tratto di corda e che Sauli veniva trattato assai duramente: gli era impedito di dormire e di mangiare. I cardinali, dopo dieci interminabili ore in cui erano state lette le requisitorie non poterono far altro che approvare l'operato del papa, ma implorarono la sua clemenza. Parve non servire perché la sentenza letta dalla voce elegante ed impeccabile di Pietro Bembo risuonò, in quell'aria ferma e densa, durissima: la privazione della porpora cardinalizia, dei benefici ecclesiastici e la consegna per la prima volta nella storia, dei tre cardinali al braccio secolare della giustizia. Tutti se ne andarono stremati e sconvolti, impauriti. Il sospetto ora regnava in Curia. Chi sarebbe stato il prossimo? Unica speranza ritenuta possibile era che i tre almeno salvassero la vita – disse Clemente.

– Ricordate, Santità? la sera del 22, in Castel Sant'Angelo fu eseguita la prima parte della sentenza: a Petrucci, Riario e Sauli fu tolta la croce d'oro. Riario e Sauli furono spogliati della porpora. Petrucci ne era già stato privato – fece Pietro.

– Vestiti di nero, sembravano tre poveri preti impauriti – disse il papa con un vago tremito come se li avesse ancora davanti agli occhi.

Continuò l'Aretino – Poi avvennero le prime esecuzioni: il Nini e il medico di Vercelli furono i primi a vedere il boia. Furono impiccati in piazza del Ponte e poi squartati. La notte del 4 luglio invece Petrucci fu prelevato dalla sua cella… –

Continuò Clemente, – Quando Petrucci vide il boia ed un prete capì quel che stava per succedere ed ebbe un fremito. Solo un fremito. –

– Voi c'eravate? –

Annuì. – Il vice castellano gli chiese se volesse confessarsi. Petrucci rispose che, perdendo il corpo, non si sarebbe affatto curato di perdere anche l'anima.–

– Un vero scettico in vita e in morte – concluse Pietro quasi con soddisfazione.

Il papa fece una smorfia di disgusto poi disse –Visto che era stato cardinale ottenne di non essere giustiziato pubblicamente. Nella cella di Castel Sant'Angelo in cui Alfonso era stato portato, entrò quella notte il famoso boia Rolando l'Etiope, un nero alto e col cranio rasato e lucido come un cielo stellato. Boia e condannato si dovettero guardare in silenzio. In pochi istanti e con un laccio di seta color cremisi a ricordo della dignità che Petrucci aveva indegnamente rivestito nella Chiesa, Rolando l'Etiope strangolò ed uccise l'ex cardinale Alfonso cui non sfuggì neppure un lamento. –

– Verso la fine di luglio, nonostante Lorenzo giovane consigliasse allo zio papa Leone la massima severità, si diffuse per Roma la voce che Riario e Sauli sarebbero stati graziati. Lorenzo era sicuro, sobillato in questo dalla sua intrigante madre Alfonsina, che se ci fosse stata la grazia, Leone non solo avrebbe conservato dei pericolosi nemici ma soprattutto sarebbe stato accusato di aver creato ad arte un processo su accuse forse inesistenti per guadagnare solo denaro e rimpinguare le casse svuotate dalla guerra di Urbino. Lorenzo, che si era precipitato a Roma in un estremo tentativo di fare pressioni su Leone X, forse non aveva tutti i torti, perché fu esattamente quello che si disse nelle corti, dopo che furono note le intenzioni del papa su Riario. Venezia, lo so, lavorava attivamente per la liberazione di Raffaele Riario – disse Pietro.

Il papa scosse la testa col larghi movimenti poi scandì lentamente – Lui non ne era più certo...Leone non era più certo della colpevolezza di Riario nell'affare di Petrucci. Finì col credergli. Anzi penso perfino, che non fosse nemmeno più certo del suo coinvolgimento nella morte di mio padre. Non me lo disse per non ferirmi, ma credo che ormai si fosse convinto. Ormai rimanevo da solo a credere nella responsabilità del vecchio San Giorgio... D'altronde – disse Clemente quasi pensando a voce alta – non fu suo padre a morire quel giorno ma il mio, la nascita illegittima fu la mia, non la sua, non fu mai chiamato bastardo anche nel giorno della sua elezione a pontefice... – poi si riscosse e si pentì di quello che aveva detto portando una mano alla bocca e coprendosela.

Prese la parola Sebastiano – Alcuni giorni dopo Leone fece la cosa peggiore e rese note le condizioni per la grazia a Riario: il vecchio cardinale camerlengo avrebbe pubblicamente riconosciuto in concistoro la propria colpevolezza e la giustezza della condanna; avrebbe promesso cieca obbedienza al papa, e sarebbe vissuto in luogo gradito al pontefice; avrebbe pagato infine l'esorbitante cifra di 150.000 ducati da pagare in tre rate, la prima subito, la seconda a Natale e la terza la Pasqua successiva. Perse il titolo di San Lorenzo in Damaso (conferito immediatamente a voi), e con la commenda perdette anche il famoso palazzo che si era costruito a proprie spese con i denari vinti a Franceschetto Cybo. Era ormai diventato, a detta di tutti, il più bel palazzo di Roma. Dinanzi agli occhi del mondo peggio di così non poteva finire, per voi, Santità. Sembra davvero che tutta quella congiura mai portata a termine fosse stata una messa in scena per raccogliere denaro. San Giorgio aveva previsto giusto.

Fu tutto sommato facile per Riario, visto l'affetto e la stima che Roma sinceramente nutriva per lui, trovare le garanzie al pagamento. Si offrì subito Agostino Chigi insieme ad altri banchieri. –

– Ma – disse Clemente VII incupendosi – l'espressione dell'amore di Roma per Riario che Leone trovò più sconcertante fu l'enorme lista di fideiussori che in pochi giorni si formò col passa parola per le strade di Roma. Anche con pochi denari, ma tutti vollero aiutare San Giorgio. Ho ancora davanti agli occhi l'immagine di mio cugino armato dei suoi occhiali, a leggere incredulo la lunga lista dei fideiussori che avrebbero garantito il cardinale: vi erano banchieri, nobili e sacerdoti, medici, artisti ed artigiani, ciabattini e fornai, osti e persino cortigiane. –

– Per voi fu una sconfitta, ammettetelo! – fece Pietro.

– Il 17 luglio 1517, nella sala Maggiore di Castel Sant'Angelo, Riario accettò le condizioni che gli erano state poste. Chiese tuttavia di esser reintegrato al cardinalato prima del versamento della prima rata dell'ammenda e di poter vendere i beni in suo possesso a persone di sua scelta. Non si fidava evidentemente né di Leone né di me. –

– Come dargli torto – disse Pietro.

– Il 28 luglio, in un tramonto infuocato, – ricordò Sebastiano – Roma salutò con grande giubilo popolare la liberazione di Raffaele Riario che, sempre accompagnato da voi, riattraversò il Passetto e giunse ai sacri palazzi, nell'aula concistoriale. S'inginocchiò dinanzi a Leone e gli baciò il piede. Il papa lo invitò ad alzarsi e lo abbracciò.

– E voi che faceste? –

– A me non fu richiesto. Non lo abbracciai nè lo perdonai. – disse Clemente.

– Ma Santità, alla luce di quanto avete raccontato mi sembra che non ci fosse nulla di cui perdonarlo. Non fu lui ad uccidere vostro padre. –

– La mia vita è stata rovinata da quella congiura. –

– Fu suo zio il conte Riario a organizzare la congiura, accettatelo, San Giorgio fu solo un'esca e ben ve lo ha spiegato, ha pagato a caro prezzo quel ruolo nella storia che gli fu imposto dai suoi parenti. –

Il papa continuò come se non avesse sentito –Riario fece quel che gli era stato chiesto. Ammise la propria colpa. Aveva il groppo alla gola, la voce e gli occhi bassi. Fu reintegrato al cardinalato fatta eccezione della possibilità di votare o di essere fatto papa. –

– Avete ragione – disse Pietro – Leone gli aveva creduto e forse lo aveva realmente perdonato perché dopo la scarcerazione lo ospitò nell'appartamento del cardinal Bibbiena e dovette assistere allo straordinario numero di persone che chiesero di essere ricevute per congratularsi con Riario per la sua liberazione… –

– Gli altri cardinali? – fece Sebastiano.

– Bendinello Sauli ebbe diversa sorte, nonostante avessero lavorato per la sua liberazione non solo la famiglia genovese ma anche il re di Francia e il conte Franceschetto Cybo, cognato del papa. Il giorno in cui Alfonso Petrucci fu strangolato dall'Etiope, Sauli venne trasferito in una prigione meno dura. Venne poi graziato con un'ammenda di 25.000 ducati che ridusse in miseria non solo lui ma anche la sua potente famiglia. Il suo trasferimento nell'aula concistoriale per il perdono però avvenne senza manifestazioni di giubilo e in un'atmosfera densa di silenzio e tensione.

Bendinello Sauli rimase "ospite del papa" per alcuni giorni poi ottenne di andare dove in realtà Leone l'aveva confinato: in Sabina. Lì si ammalò gravemente per l'aria insalubre e per la puntura di una zanzara. Il papa, mosso a compassione dalla gravità del suo stato, gli concesse di tornare a Roma dove Bendinello morì nel marzo del 1518, circondato dalla madre e dai fratelli che pochi anni dopo, con la scomparsa di Leone X, chiesero e ottennero dal nuovo papa Adriano VI, anche se inutilmente, la riapertura dell'inchiesta per ottenere l'assoluzione di Bendinello.

– Le parole pronunciate da Bendinello in punto di morte, una completa dichiarazione d'innocenza, a dir loro, richiedevano una revisione del processo – fece Sebastiano – Il ritratto di Bendinello Sauli, alla sua morte, era ancora nel mio studio. Prima di consegnarlo ai fratelli del cardinale ed essere saldato, mi concessi il capriccio di aggiungere al dipinto una mosca appoggiata sulla cotta bianca di Bendinello, segno di sfortuna, morte e corruzione – disse in tono trasognato quasi immaginando con il pennello di ritoccare ancora quel dipinto.

– Adriano Castellesi si era intanto stabilito a Venezia a vomitare veleno contro papa Leone e me. Fu invitato dal papa a comparire entro trentacinque giorni. Non si presentò. Leone X pubblicò allora un monitorio che lo dichiarava decaduto di tutti i suoi titoli e privilegi. Castellesi, dal canto suo, preferì rimanere al sicuro a Venezia. Aspettava l'occasione per tornare, da vincitore. L'occasione venne con la morte di Leone. Raggiunto dalla notizia, esultante, si mise immediatamente in viaggio per il conclave dove, lo sperava, mi avrebbe ostacolato in ogni modo possibile. Partì trionfalmente ma a Roma non giunse mai. Il suo corpo non venne mai ritrovato... – disse il papa con lo sguardo perso nel vuoto.

– Ma Riario...? – sollecitò Pietro.

– La vita che in sé è sorprendente in ogni sua manifestazione, volle che alla fine della loro vita Raffaele Riario e Leone de' Medici si avvicinassero e che i loro rapporti diventassero sinceramente cordiali e amichevoli. Alla messa di Natale del 1518, al momento dello scambio della pace, i due si abbracciarono e versarono, per chi li vide, vere lacrime di commozione. Leone parlò per primo, dinanzi a tutti, e disse. – Signore, affinché abbiate vera piena e perfetta pace così nel cuore come nel volto, io l'annunzio e la porgo a voi davanti a Nostro Signore presente nella carne e nel sangue; per Lui perdono a voi qualunque offesa possiate avermi fatto. Allo stesso modo chiedo a voi, in nome dello stesso Gesù Cristo, che deponiate ogni risentimento verso di me se lo avete mai avuto. –

Raffaele Riario visibilmente turbato e commosso fece per buttarsi ai piedi del papa ma questi glielo impedì con un gesto inaspettatamente agile e pronto.

Da allora Riario frequentò molto spesso le stanze del papa e Leone trovò piacevolezza nel parlare e consigliarsi col vecchio cardinale. Leone aveva ritenuto di fare calare il sipario su tutti i fatti che li avevano visti protagonisti. –

– La primavera che venne – disse Sebastiano fissando il papa negli occhi quasi a volergli suggerire la continuazione – portò via almeno per Leone tutte le incomprensioni e i nodi mai sciolti che risalivano al 1478, vero?... –

Clemente però non volle cogliere. – Riario rimase ancora qualche mese a Roma poi chiese licenza a Leone di recarsi a Napoli in cerca di un clima più salubre. Sarebbe stato ospite del principe Prospero Colonna.

Leone concesse licenza, anche se malvolentieri, perché così si sarebbe privato della sua compagnia.

Raffaele Riario partì da Terracina.

In maggio, a Napoli, il cardinale di San Giorgio si ammalò e le sue condizioni, ai primi di luglio, parvero disperate.

Chiese di fare testamento, specificando di aver scelto me come esecutore delle proprie volontà.

Premesso che certa è la morte per quanto incerto ne è il giorno, Raffaele Riario vescovo di Ostia, cardinale di San Giorgio e camerlengo di S R Chiesa – sano di mente ma infermo di corpo, esprime desideri e volontà. Dopo aver reso omaggio al papa e rinnovata la sua professione di fede, dispone nel caso che muoia fuori di Roma, di essere sepolto in una chiesa o monastero a indicazione del suo esecutore testamentario e che il suo cadavere vi rimanga fino alla consunzione della carne, dovendosi quindi trasferire le ossa nella chiesa di San Lorenzo in Damaso e darvi definitiva sepoltura. Lascia a questa chiesa il suo messale con lettere e storie dipinte, i paramenti e i piviali.[...] Dovranno essere celebrate cento messe per defunti nel giorno della sua morte e dieci nel novenario. Circa i funerali e il lutto dei familiari, attenersi all'uso dei cardinali defunti, eliminando però ogni pompa.[...] Nomina suo esecutore testamentario il vicecancelliere cardinale Giulio dei Medici, con ampia facoltà di disporre dei suoi beni mobili ed immobili e modificare quanto è detto nel presente testamento. Esprime la certezza nell'esaudimento di tale suo desiderio da parte di quel porporato che molte attenzioni gli ha riservato in vita. Però, essendo il vicecancelliere gravato di molte cure della Chiesa, il cardinale nomina coesecutore il nipote Cesare Riario, patriarca di Alessandria che curerà la realizzazione di quanto disposto dal cardinale de' Medici.

Raffaele Riario morì a Napoli il 9 di luglio.

– Non c'è che dire! – fece Pietro con una risata – Il vecchio San Giorgio vi ha lasciato sulle spalle un altro fardello, voleva insomma che tutti sapessero che voi avreste accettato quel peso per sola carità e che, come in vita, sempre per vostra sola carità, non mancaste mai a lui il vostro favore e aiuto, così certo non avreste rifiutato un tale atto pietoso verso un morto. –

– Avete avuto tutto, Santità, lui però non c'è più, avete ottenuto da lui tutto ciò che poteva darvi, come uomo e pastore, non solo il volgare denaro, ma anche fama immeritata di carità. Lo avete umiliato, distrutto e infine inconsapevolmente liberato, non vi basta?– chiese Pietro con durezza.

– Credo – disse Sebastiano – che l'ultimo pensiero di Riario fosse la certezza che nonostante tutto, nonostante il duro confronto, la sua disarmante confessione, i chiarimenti, la sentenza, l'ammenda e anche il testamento, la sete di impossibile giustizia che animava ogni vostro moto ed ogni affetto non fosse affatto stata appagata. –

– Non vi sbagliate – disse il papa abbassando la testa.

– Ma ora su chi vi accanirete, ora che lui non c'è più?– chiese Pietro.

– Sono tutti morti, gli amici e i nemici, Santità, uscite da quegli anni, non incarceratevi più di quanto la stessa vita e presenza di Riario non abbia fatto. Fuggiste da lui la sera dell'interrogatorio perché stare con lui vi rinchiudeva nella peggiore prigionia, quella del rovello senza perdono e senza senso. Ogni volta che lo vedevate voi tornavate a quella domenica d'aprile del 1478, sospeso in quel giorno di somma ingiustizia. Sì, Santo Padre, fu un giorno di somma ingiustizia, per molti, non solo per voi, ma quel giorno finì, il sole tramontò anche su Botticelli, lo ricordate, vero? Venne la notte, fate calare anche la giustizia oltre che il sole su quel giorno. Riario chiuse quella domenica trentacinque anni dopo. Voi dopo cinquantasei non ci siete ancora riuscito.

Non c'è più nessuno a questo mondo che possa ricordarsi di quel giorno. Lo sappiamo noi, lo sapete in fondo solo voi, che oltre tutto quel giorno non eravate ancora nato. Sta tutto qui, qui sta l'assurdità. Siete imprigionato in un giorno che in fondo non avete mai veduto. Che cosa andate cercando anima disperata? – chiese Sebastiano alzandosi e fissandolo negli occhi – lasciate ormai in pace la memoria di quel povero vecchio che fu vittima almeno quanto voi!, lasciatelo riposare e anche voi quietatevi...lasciate riposare i morti, vostro padre e i suoi assassini, vostro zio e quel che fu, gli errori e gli orrori di quegli anni. Vostro padre riposa ormai in pace, lasciatelo anche voi in quel sepolcro, onoratelo, ma non chiedetevi più le ragioni per cui nessuno gli cambiò l'abito dopo l'assassinio e lo depose nella bara con le vesti ancora insanguinate. Non ha più senso chiederselo. Accettate che fu forse la paura o il troppo dolore ma di certo ciò non avvenne perché voi a quell'omicidio rimaneste legato per tutta la vita.

Chiudete anche voi le porte della cattedrale di Firenze, chiudetele alle vostre spalle, come provò a fare Riario il giorno del vostro interrogatorio. Vi invitò a farlo ma voi fuggiste perché quelle porte le volevate ben aperte, in effetti voi credete che siano la vostra ragion d'essere. Siamo qui a San Miniato, per questo, Santità, cercate di capire il nostro senso, qui ed ora.

Il tempo ritorna, le temps revient ma non sarà un tempo di vendetta, ma di vera giustizia. Ci saranno nuove primavere, nuovi aprili e nuovi cieli color lapislazzulo... –

Il papa si alzò di scatto, gli occhi sbarrati. Aveva finalmente compreso.

Si gettò in ginocchio e pianse disperatamente. Come se in quel pianto fossero concentrati i dolori di tutta la vita.

Sebastiano gli si avvicinò e gli appoggiò una mano sulla spalla, come per abbracciarlo.

– Volete che vi dica come è morto il cardinal Riario?–

Il papa annuì. Rimase ad ascoltare con gli occhi chiusi. Strinse la destra sulla sinistra chiusa a pugno e la tenne stretta contro la bocca. E non si chiese come facesse Sebastiano a sapere della morte di San Giorgio. Ascoltò e basta.

– Pregò per la pace della vostra anima, Santo Padre. Riario era seduto su una poltrona dinanzi ad una finestra aperta sulla baia di Napoli. Il riflesso del sole sugli occhi, il sole tiepido di un'alba d'estate. I pensieri che scivolano via. Una coperta leggera sulle ginocchia. Chiudere finalmente gli occhi che troppo hanno visto e tollerato. Basta. –

E ora?

– E ora? – chiese Pietro alzandosi in piedi a fatica quando il papa si fu calmato.

Sebastiano non intervenne, lasciò che rispondesse Clemente.

– È ora di dire la verità – fece il papa – Michelangelo è la fuori e attende di essere ricevuto – disse indicando con un gesto estenuato la porta chiusa.

Poi guardando i suoi interlocutori e soprattutto Pietro – È un intero giorno che ci giriamo intorno, vero? Mi avete più o meno amichevolmente messo in trappola. Vi prego, non fingete sorpresa, lo sapevate benissimo entrambi, soprattutto tu, Pietro, che Michelangelo era là fuori e attendeva di vedermi. Adesso è tutto chiaro anche se non so bene chi siate voi, se due creature dell'Altro Mondo o due bislacche forme assunte dall'anima mia... – disse sorridendo appena – e ad essere sinceri, la cosa non mi interessa nemmeno, se siamo giunti a questo punto. Dovevamo arrivarci e ci siamo arrivati. Forse non è nemmeno un caso che io abbia atteso prima di riceverlo.

Parlando con voi in questa lunghissima giornata temevo di dover parlare del nuovo incarico di Michelangelo. E ora ecco, ne parliamo.

– L'avete convocato voi?– chiese Pietro.

– Perché continui a chiedere cose che sai? – gli chiese a sua volta il papa serenamente. – Sì, l'ho convocato io, lui era a Firenze a terminare i sepolcri e io l'ho chiamato, volevo vederlo prima di partire per la Francia perché sono vecchio e non si sa mai come va a finire un viaggio alla mia età. Le fatiche possono essere fatali. L'ho chiamato perché, come era successo a mio zio Lorenzo, avevo in mente ancora una parola di vendetta e volevo pronunciarla là dove la vendetta del Botticelli aveva assunto la prima forma, là dove io, il magnifico bastardo dei Medici, ho stravinto sui miei nemici, trionfatore eternamente insoddisfatto, nella cappella dei papi. In fondo, da quando sono nato, ho idealmente accompagnato la decorazione di quella cappella come una via crucis, stazione dopo stazione. Alcune dolorose, altre gloriose. La mia vita, il dramma da cui è sorta, la morte di mio padre sono tutti in quella cappella, impastati con il colore.

Avevate ragione Sebastiano, quel lavoro mi costerà ben più di 40 fiorini, ma ormai ha perso i connotati della prima idea, non è più un conato di vendetta. E avete ragione pure nel dire che quel lavoro, per quanto io vi ammiri incondizionatamente come artista, non verrà affidato a voi. Quel lavoro è un'impresa del destino, è il giorno del destino, lo avete capito e detto, e quindi spetta di diritto a Michelangelo. Lui non potrà rifiutarsi e salirà ancora sui ponteggi della cappella voluta da Sisto. Issato su quei ponteggi vent'anni fa, per Giulio II Michelangelo diede forma e vita al primo uomo e alla storia. Per me, per Clemente VII, lui darà forma ad un nuovo mondo. Il suo Cristo dovrà levare ancora il braccio ma per un'altra vita. Solo poche ore fa volevo distruggere, ora voglio costruire. Solo ieri avrei detto a Michelangelo – Questa cappella l'ha voluta Sisto IV, un volgare assassino seduto sul trono di Pietro. Voleva dai pittori oro con cui coprire il delitto che aveva commesso. Ma, dopo aver assistito alla distruzione di tutto, della cosiddetta civiltà e aver visto la mia vita e Roma e la nuova Gerusalemme trasformarsi in Babilonia, che senso ha lasciare la gloria e umani squilli di tromba? Che senso ha mantenere la misurabilità e la simmetria come a puntellare un soffitto che si sa che crollerà? Una mirabile simmetria sta alla base della decorazione della cappella. Quanto studio e quanto raziocinio. I riscontri fra la vita di Mosè e quella del Cristo commissionati da Sisto IV sembrano geometrici. Visto da lì il cammino, il viaggio della navicella della Chiesa che Cristo ha posto in acqua non può che essere lieto e trionfante. Certo, dopo l'esempio del Diluvio, come si può ancora sbagliare? E invece c'è stata una tragica sequela di errori ammantati di successi. La navicella con me ha quasi fatto naufragio.

Francesco Mazzola, una specie di angelo della morte levatosi dalle nebbie di Parma, un pittore, un ragazzino, tempo fa, pochi mesi prima del Sacco di Roma, mi donò il proprio autoritratto, una beffa alle regole della rappresentazione dello spazio e al raziocinio. A un ragazzino è bastato ritrarsi come immagine riflessa in uno specchio convesso per capire che il mondo non è misurabile, che tutto in realtà è caos e buio. Ad un ragazzino è bastato guardarsi allo specchio, io ho dovuto vedere Roma violata e arrivare ad limina vitae prima di capire il fatale errore. Sisto, il tuo mondo è morto!

Vecchio!, a che t'è servito vivere così a lungo se per un ragazzino, per quanto dotato, è stato sufficiente guardarsi allo specchio per capire il male del mondo? Distruggere, Michelangelo! Distruggere! La bellezza innanzitutto, nasconderla con una folta barba come quella che porto io dopo il Sacco, una barba che nasconda la mia spudorata bellezza, con il disordine e il caos! Sì anche la penitenza, vengano i tempi delle revisione e della penitenza. Distruggere l'idea e il progetto che stanno sotto alla bellezza che qui regna. Li ha voluti in fondo un volgare assassino. Che gloria! Che Chiesa! No, non riesco a perdonare.

Avrei detto così a Michelangelo se lo avessi ricevuto soltanto ieri e tutta la sofferenza della mia vita e quella di Riario, questa leggendaria giornata trascorsa con voi ... sarebbe stato tutto vano... anche la morte di mio padre e l'oblio toccato a mia madre, tutto vano.

È quasi l'alba...Sebastiano. L'uragano è passato. Non infuria più la tempesta. Solo ieri avrei dato per certo il naufragio della mia navicella, oggi vedo un porto, è vicino e le onde si sono calmate, non so che porto sia, ma è baciato dal sole di un'alba di settembre. E questo basta. Vi giuro che potrei morire oggi e ne ringrazierei Dio perché potrei dire senza angoscia che sono nato in un mattino di sole di maggio e morto in un mattino di sole di settembre.

Per quanto possa essere pesante la pietra che gettiamo nel gran mare della storia, per quanto i cerchi d'acqua che essa crea siano vasti e densi, ad un certo punto, sempre prima di quanto vogliamo o ci aspettiamo, l'acqua si richiude. Nera. Immota. Ecco perché chiamo a gran voce Michelangelo. A me questo non succederà. Non spetta a me dire se questo sia un supremo atto di umiltà o di folle vanagloria...d'altronde un'esistenza cominciata sotto la nera stella di un omicidio e dell'illegittimità, sempre in affannosa ricerca di una giustizia impossibile, non può in effetti che terminare impastata nel colore del più grande fra i pittori e coerentemente alla sbarra dell'Ultimo dei processi. L'infallibile.–

L'ultimo incontro 2

Si voltò ma i suoi interlocutori erano scomparsi. Sorrise perché in fondo lo aveva previsto. Non sentì la solitudine, anzi, ora avrebbe avuto il tempo per preparare l'incontro con Michelangelo.

Non aveva dormito affatto, ma se avesse detto di sentirsi stanco sarebbe stata solo una menzogna. Guardò ancora fuori dalla finestra, lo fece per lungo tempo e senza rimorsi. Sarebbe solo una folle presunzione voler riferire i pensieri che affollarono la sua mente.

Ma quando fu certo di sentire il profumo dell'uva rossa di Cafaggiolo, quella che amavano suo padre e suo zio, quella dell'ultimo tralcio in fondo al giardino, quella che con la sua dolcezza dispiegava magistralmente la fine dell'estate e dei suoi svaghi, allora fu certo che il Tempo era veramente ritornato e non sarebbe più fuggito. La magnifica estate di Giuliano e di Fioretta non sarebbe mai morta. E lui era lì a dimostrarlo. In quella relazione non c'era stato peccato alcuno; non era più necessario trasfigurarli in due dei, ma ammettere semplicemente che erano stati due giovani che si erano molto amati ed ora li poteva quasi vedere in una luce giusta, quotidiana ed azzurrina. Tutto era accaduto a Firenze. Fioretta aveva amato forse l'uomo giusto ma nel tempo sbagliato. Lui stesso, sacerdote, avrebbe voluto benedire quell'unione.

Chiamò e si fece preparare. Mangiò di gusto e si mostrò loquace e sereno.

– Voglio vedere subito Michelangelo Buonarroti. –

E Michelangelo finalmente entrò.

Non si vedevano da molti anni. Ciascuno contemplò nell'altro la propria vecchiaia. Rimasero in silenzio per moltissimo tempo, entrambi in piedi. Poi Michelangelo capì, abbassò lo sguardo e mormorò – Santo Padre...

Clemente si avvicinò e fu allora che Michelangelo si inginocchiò. Il papa lo fece rialzare e quando lo ebbe in piedi davanti a sé gli strinse le braccia con tenerezza ruvida. Accostò il viso al suo – Lascia che io contempli – disse piano puntando gli occhi in quelli di Michelangelo – la bellezza dei sepolcri nei tuoi occhi, tu li hai visti, tu li hai fatti... per me. Non dire nulla, ch'io li veda immersi nei tuoi occhi – Michelangelo distese un poco il volto contratto.

– Non temere Michelangelo la mia amicizia. Ti ho chiamato qui come amico, un vecchio amico, non per servirmi.–

– Ma Santo Padre… –

Il papa fece un gesto infastidito con la mano. Non voleva formalità, non in quel momento.

Michelangelo capì.

–Dubito che li vedrò mai – disse il papa con un lieve moto d'ansia riferendosi ai sepolcri della sacrestia nuova. – Non intendo morire presto – disse con un sorriso per stemperare la tensione – ma non credo che potrò entrare in Firenze molto presto. Non so nemmeno quando tornerò dalla Francia.

– Sono come s'era deciso che fossero … – disse Michelangelo ruvidamente guardando il papa con fierezza.(fig. 9)

– Magnifici dunque… –

– Magnifici..–

– Quando ti diedi l'incarico dopo la morte di Lorenzo giovane, l'idea stessa della morte riempiva i sacri palazzi e la cancelleria, volteggiava come un avvoltoio sul papa Leone e su di me, ammorbava le nostre ore, i nostri più intimi pensieri. Leone ed io fummo costantemente indotti a pensare alla morte nostra e degli altri Medici. Anche se noi, questo è ormai chiaro, non riposeremo a Firenze coi nostri…

Mio padre e mio zio Lorenzo per il loro padre fecero fare al Verrocchio un sarcofago e una rete a larghe maglie di bronzo, forse immagine del pietoso trascorrere della vita fra molte luci e molte ombre.

E noi come avremmo potuto celebrare i due duchi più giovani e mio padre e il Magnifico? – poi tacque…

Parlò Michelangelo – l'uno, il duca di Nemours, l'ho fermato nell'atto quasi di creare un nuovo mondo, un capitano che freme di terribilità: i capelli scompigliati dall'elmo che si deve esser appena tolto. Sembra appena sceso da cavallo. Si è appena seduto dopo aver rovesciato il mondo e vinto tutto quello che c'era da vincere? O si sta per levare per dare il fatale, estremo comando? Il suo gesto è calmo ma maestoso, il bastone del comando stretto in pugno.

L'altro, Lorenzo giovane, sembra invece appena scosso dalla contemplazione stessa di Dio. Seduto meditabondo, il volto appoggiato nobilmente alla mano sinistra… –

Il papa era estasiato. Cercava di immaginarseli, compressi a fatica nelle loro nicchie.

– Loro, – disse Michelangelo calcando sulla parola – sono eterni. –

– Nessuna somiglianza… – disse piano il papa.
– Nessuna…nessun ricordo delle umane vicende. –
Quasi dimentico della presenza di Michelangelo mormorò – Due inetti…due vacui, il sangue del Magnifico finisce e muore in due creature inette. Ci volevi tu. –
Michelangelo però non si meravigliò, nemmeno della sincerità del papa.
– Il Tempo ritorna, Michelangelo, con te ritorna e s'innalza, l'eternità è conquistata. Hai compiuto il miracolo per i Medici in un mausoleo, nella clamorosa ammissione di una sconfitta terrena per una famiglia che non ha mai ammesso la fine su questa terra. Il Vero Tempo, quello che non finisce, è ancora amico dei Medici. –
Michelangelo guardò il papa in silenzio poi disse – Una notte agitata e inquieta e un giorno torpido, sdraiati sui sepolcri, col loro peso sembrano spaccare al centro la copertura per liberare l'anima di chi vi è rinchiuso.–
– Questo mi è bastato fino a stanotte – disse tranquillamente il papa con un sorriso disarmante.
Il viso di Michelangelo tornò a rabbuiarsi.
– Ti chiedo oggi di fermare il tempo dei Medici. È venuto il giorno della disperazione placida in cui va detta l'ultima parola, non solo per i Medici ma per tutti. –
– Michelangelo rimase sbalordito.
– Con te sarò sincero, Michelangelo. Quando ti scrissi alcuni giorni fa interrompendo il tuo lavoro ai sepolcri, intendevo chiamarti per perfezionare e compiere una vendetta. Credo di aver avuto in mente quella vendetta per tutta la vita. Tu avresti manifestato la mia vendetta sferrando l'ultimo colpo contro i fantasmi di una vita e glorificando i Medici e prolungandone indefinitamente il tempo. Ma oggi, dopo un giorno ed una notte inquieti ma lampanti ti voglio solo per un supremo atto di giustizia. Si fermerà il tempo su tutta la terra. E tu porterai la storia davanti al Giudice che non sbaglia. –
– Vuoi da me il Giorno del Giudizio? – chiese Michelangelo spaventato.
– L'eternità dell'Ultimo Giudizio farà irruzione fra tuoni e assordanti squilli di tromba nella cappella dei papi. –
– Forse il giorno del Giudizio c'è già stato…è toccato al tuo pontificato… –
Il papa chiuse gli occhi accusando il colpo. – Spalanca lo spazio, abbatti la parete della cappella di Sisto, spalanca il tempo, il nostro tempo grazie a Dio è finito, a me è toccato il buio, il punto

più basso, l'ignominia dei posteri, e non mi sbaglio. A me è toccata la navicella nel momento di più aspra tempesta. È accaduto tutto per mia inettitudine, per avarizia o per codardia. Scelgano pure i posteri.

Se così è necessario, se c'è una necessità nella storia e nel destino o nel disegno di Dio allora sia. Sono nato sotto una mala stella… –

– Quella mala stella ti ha però condotto sulla cattedra… – disse malevolo Michelangelo.

– E per questo non ti sembra una nera stella?… –

– L'hai fortissimamente voluto...anche più di tuo cugino Leone. –

– Il male è volontà, Michelangelo… non son qui a negarlo e nemmeno combatterei con determinazione i luterani. Ma verrà il Giudice e si farà silenzio su tutta la terra. Eccola, la pace che ho cercato ovunque sulla terra ma non in Cielo. Fra gli imputati certo ci sarò anche io, nudo fra i nudi, come Dio mi ha fatto. Sarò fra gli altri come gli altri e il mio aspetto sia quello di oggi, un vecchio. Basta. Le chiavi che mi diedero un giorno, quelle che tu hai detto giustamente ho fortemente desiderato, andranno riconsegnate al vero padrone – disse il papa con durezza.

– Per celebrare quel processo bisognerà distruggere altri affreschi. –

– Ma quella è poca cosa. Di che ti preoccupi?, non è affar tuo. Il muro te lo preparerà il nostro amico Sebastiano. Ti spianerà la strada come fece il Battista – disse il papa con amara ironia ripensando alle parole di Sebastiano.

Tacquero.

– Invecchio male, Michelangelo. A me è toccato il momento più buio dell'intera storia della Chiesa, quello che Sisto IV vedeva così trionfante appena cinquant'anni fa. Nessun pontefice è stato umiliato quanto me. Quanto ho portato in basso il nome dei Medici! Niente sarà più come prima, nemmeno Roma, la nuova Gerusalemme, che è stata violata ed umiliata. Ciò che nessuno avrebbe mai nemmeno solo lontanamente immaginare ora può essere considerato alla stregua di un precedente come un altro. Reduce da una tragedia epocale, vecchio, malato sono tuttavia pronto a lasciare il segno più grande. Torna con me nella cappella di Sisto! Sali per me sui ponteggi da cui scendesti vent'anni fa e chiama a gran voce una nuova vita! Lo farai Michelangelo? – gli chiese con ansia avvicinandosi al suo volto. Il tuo Cristo deve levare un'ultima volta il braccio e sarà l'ultima.

– Lo farò…forse è davvero finito un tempo – disse Michelangelo abbassando gli occhi.

– È finito un tempo, quello della mia vita, quello del mio passato controverso; quello del vagare inquieto del fantasma di mio padre Giuliano in cerca di una vana pace; quello di una certa storia e di una certa Chiesa. Quello di una famiglia che ho cercato di celebrare e portare fino alle stelle. Una famiglia che per un illegittimo, per un bastardo, come un abito mi è stato o troppo stretto o troppo largo. È finito anche il tempo di una certa soavitas estetica. Altri godranno della pace preparata da me, non credi Michelangelo? Non fa nulla... Sento oggi l'anima di Raffaele Riario quanto mai vicina. Fatico però a ricordarne il volto, gli occhi azzurri che hanno troppo visto e tollerato. Però prego sinceramente per lui – disse il papa.

Se gli avessero chiesto come vedeva ora le cose, avrebbe risposto che le vedeva circonfuse di un blu intenso, color dei lapislazzuli, come deve essere nel giorno del destino.

– Dopo quello che è successo dal 1527, – continuò guardando Michelangelo – non mi aspetto nemmeno di morire ucciso o di morte violenta così come aveva sognato il Fründsberg coi suoi lanzichenecchi prima di calare rabbioso dalla Germania. Altri sono morti per mano degli uomini di Fründsberg, tutte vittime innocenti che sono state uccise al posto mio. Se Fründsberg non fosse stato fermato a Ferrara dal colpo apoplettico, forse sarei stato strangolato dal suo laccio d'oro davanti alla cattedra di Pietro, così come morì Petrucci. E forse sarebbe stato meglio così. E invece indegnamente vivo ancora, sono sopravvissuto a tutti.

Quando scelsi il nome di Clemente fu solo ipocrisia. Chi è il giudice? Chi deve usare clemenza? Chi sarà Clemente? Non certo io! Che farsa di vita! Che nome ho scelto! L'unico che ci vedeva con chiarezza forse era quel folle, Brandano di Campo dei Fiori! Un pazzo che fu vero profeta! Che altro è toccato a Roma se non la sorte di Sodoma e Gomorra? Così come lui profetizzava?

Paghiamo, continuiamo a pagare per i mali della Chiesa che non ho saputo curare e correggere e che forse ho accresciuto... Che farsa ogni passo della mia vita. Se fossi rimasto l'oscuro nipote del corazzaio Gorini sarei entrato in quella cappella forse solo per spegnerne i ceri a cerimonia ultimata. Che farsa il mio cardinalato e il processo al povero Riario! Come presumere di coprire il baratro di vergogna che mi ha accolto come una culla dopo la nascita? Forse con la condanna di un innocente?

Che farsa questo mio papato! Guardate tutti a Colui il cui giudizio è incontrovertibile. Assistete tutti, dunque, senza giudicare, perché a Lui solo spetta il giudizio. Lui scelga se essere veramente

Clemente! Siamo tutti imputati, tutti, io per primo che ho condotto la Chiesa a questa rovina e a questa vergogna.

Ecco, che viene il Figlio dell'Uomo, il Giudice, e si fa silenzio su tutta la terra. Viene in tutta la gloria del Cielo a risvegliare e giudicare i morti. Alla sbarra tutti, io, tu, Sisto, il conte Girolamo, mio zio Lorenzo, i vecchi Medici e il Savonarola, tutti, nessuno escluso, tutti dalla stessa parte, finalmente, tutti uguali. (fig.10).

Lui Cristo, bellissimo, si leva da uno scranno che a noi non è dato vedere. Ormai ha stabilito ciò che sarà. Tutti temono, anche coloro che saranno salvati. Si esige giustizia.

Se potessi scegliere come chiudere il mio pontificato vorrei aver la coscienza di restituire all'Onnipotente le chiavi che non mi sono mai appartenute, le chiavi che i cardinali in nome dello Spirito Santo mi hanno consegnato in conclave, sotto l'affresco del Perugino dopo un'aspra battaglia... quando?, un secolo fa?. *Ecce homo*! Ecco l'uomo di fronte all'eterno, le pupille sbarrate di fronte all'inevitabile.

Forse con un gesto titanico e insieme stremato, ma si tratta in fondo solo di restituire le chiavi del mio pontificato e della storia al Giudice. Le ho volute e per esse ho toccato l'abisso. Le ho rese inservibili. Chiavi prive di senso, che non aprono e non chiudono più nessuna porta. In nome di queste chiavi, perdonami e salvami, Signore. Abbi pietà di me. Tu che solo volendolo apri le porte di tutti i cuori, ripara i danni che ho fatto. Sì basta!, Signore, riprenditi quelle chiavi! Sono tue. Ho fatto, con le imperfezioni e le incertezze di un uomo, quello che ho potuto. E forse nemmeno quello.

Ho sbagliato, come tutti gli altri. Giudica Tu. Tutto il Cielo è chiamato a testimone, tutti sono tesi al gesto supremo di Cristo, la Vergine, gli apostoli, i santi, i beati, i patriarchi, gli angeli e i martiri. Il Giudice, bellissimo, leva il braccio, Michelangelo!, pensa bene a quel gesto! La Storia non c'è più. Ovunque frastuono e ovunque silenzio immoto. Simon Pietro o se preferisci Giulio de' Medici o Clemente VII è al Suo fianco, nei panni del primo pescatore d'anime, il primo e l'ultimo papa, carico d'anni e dolori. Scomparse la mia leggendaria bellezza e la giovinezza.

Sarò solo al fianco del Giudice, gli occhi ardenti e quasi febbricitanti del comandante reduce da un naufragio che ha riportato ciò che avanza della sua nave e del suo equipaggio in porto. Chiavi senza impugnatura che non possono più aprire né chiudere alcuna porta.

Pochi legni e poche anime. –

ALBERO GENEALOGICO DI LORENZO IL MAGNIFICO

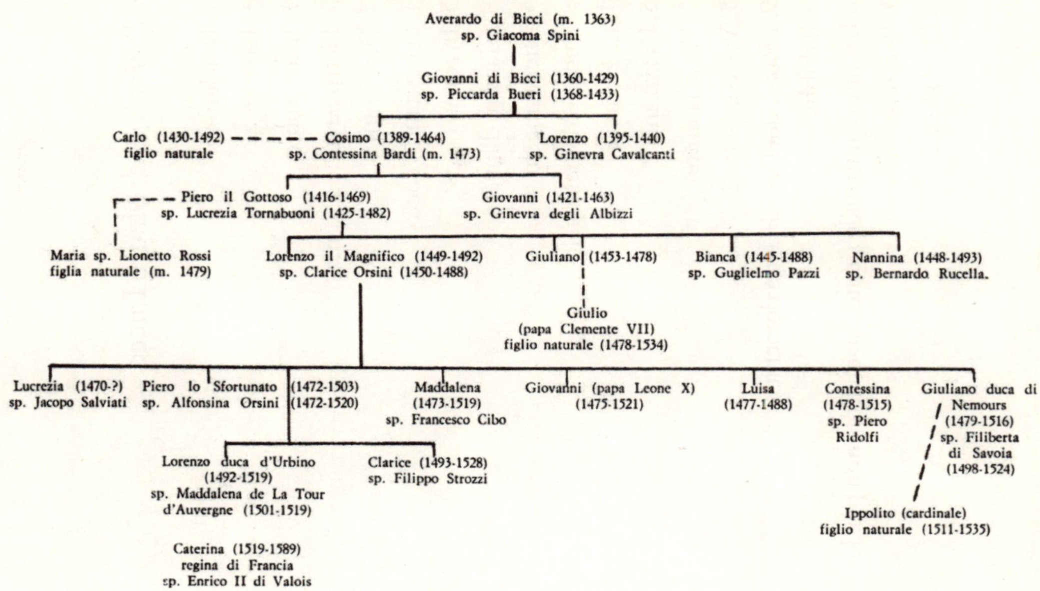

Anna Zaniboni Mattioli
Il tempo ritorna

Questo libro
racconto e simbolo
delle fiere ambizioni
degli uomini
viene stampato per conto
della Diabasis
dall'Artigiana Grafica
nel maggio del
duemila
15